더글라스 케네디 Douglas Kennedy

전 세계적 베스트셀러 작가다. 미국 뉴욕에서 태어났고 현재는 런던, 파리, 베를린, 몰타 섬을 오가며 살고 있다. 조국인 미국에 대해 비판적인 시각을 견지하고 있는 작가로 유명하며 유럽, 특히 프랑스에서 폭발적인 인기를 자랑한다. 프랑스문화원으로부터 문화공로훈장을 받았고, 2009년에는 프랑스의 〈르 피가로〉지에서 주는 그랑프리상을 받았다.

한때 극단을 운영하며 직접 희곡을 쓰기도 했고, 이야기체의 여행 책자를 쓰다가 소설 집필을 시작했다. 오스트레일리아의 오지부터 시작해 파타고니아, 서사모아, 베트남, 이집트, 인도네시아 등 세계 50여 개국을 여행했다. 풍부한 여행 경험이 작가적 바탕이 되었다고 해도 과언이 아니다.

2019년에는 일러스트레이터 조안 스파르와 합작한 '오로르 시리즈' 첫 책 《오로르》를 선보였다. 현명하면서도 순수한 열한 살 오로르를 주인공으로 한 이 책은, 이전 작품들과 전혀 다른 듯하면서도 특유의 스타일이 듬뿍 담겨 있다. '아이들의 통찰력을 보여주는 아름다운 소설'이라는 평단의 호평과 함께 독자들의 열렬한 사랑을 받았다.

주요 작품으로 《오로르》《빅 픽처》《빛을 두려워하는》《오후의 이자벨》《고 온》《데드 하트》《픽업》《비트레이얼》《빅 퀘스천》《스테이트 오브 더 유니언》《파이브 데이즈》《더 잠》《리빙 더 월드》《템테이션》《행복의 추구》《파리5구의 여인》《모멘트》《위험한 관계》등이 있다.

옮긴이 조동섭

서울대학교 언론정보학과를 졸업하고, 〈이매진〉 수석기자, 〈야후 스타일〉 편집장, 〈TTL 매거진〉 편집 고문을 지냈으며, 현재 번역가와 자유 기고가로 일하고 있다. 옮긴 책으로 《오로르》《빅 픽처》《빛을 두려워하는》《오후의 이자벨》《고 온》《데드하트》《픽업》《비트레이얼》《빅 퀘스천》《스테이트 오브 더 유니언》《파이브 데이즈》《더 잠》《템테이션》《파리5구의 여인》《모멘트》《파리에 간 고양이》《프로방스에 간 고양이》《마술사 카터, 악마를 이기다》《브로크백 마운틴》《돌아온 피터팬》《순결한 할리우드》《가위 들고 달리기》《거장의 노트를 훔치다》《일상 예술화 전략》《매일매일 아티스트》《아웃사이더 예찬》《심플 플랜》《시간이 멈춰선 파리의 고서점》《스피벳》《보트》《싱글맨》《정키》《퀴어》 등이 있다.

AURORE IN NEW YORK

DOUGLAS KENNEDY

JOANN SFAR

뉴욕의 영웅이 된 오로르

초판1쇄 발행일 2023년 3월 14일 │ 초판2쇄 발행일 2024년 4월 2일

글 더글라스 케네디 │ 그림 조안 스파르 │ 옮긴이 조동섭 │ 펴낸이 김석원 │ 펴낸곳 도서출판 밝은세상

출판등록 1990. 10. 5 (제 10 – 427호) │ 주소 (10881) 경기도 파주시 문발로 119, 202호

전화 031-955-8101 │ 팩스 031-955-8110 │ 메일 wsesang@hanmail.net

블로그 blog.naver.com/balgunsesang8101 │ 인스타그램 www.instagram.com/wsesang

ISBN 978-89-8437-457-7 (03840) │ 값 19,000원 │ 잘못된 책은 구입한 곳에서 교환해드립니다.

뉴욕의 영웅이 된
오로르

더글라스 케네디 글
조안 스파르 그림
조동섭 옮김

밝은세상

★

되는 일이 하나도 없을 때가 있다. 그런 때에는 자기도 모르게 생각한다. '사는 게 왜 이렇게 힘들지? 사람들은 왜 이렇게 일을 어렵게 만들지?'

한편, 만사가 아주 잘 돌아가면 자기도 모르게 생각한다. '이제 정말 꿈이 이루어지나 봐!'

음, 오늘 아침에 내 꿈이 이루어졌다. 그 얘기를 꺼내기 전에 배경 설명이 필요하겠지? 우리 아빠가 늘 말하기를, 이야기를 들려줄 때는 배경부터 묘사해야 한단다. 아빠는 소설가다. 그리고 이 이야기의 배경은 아빠부터 시작된다.

그날은 내가 파리에 있는 아빠 아파트에 간 주말이었다. 나는 한 주 건너 한 번, 주말이면 아빠가 살고 있는 파리 아파트에서 잤다. 아빠와 같이 사는 애인도 있었다. 클로에였다. 클로에는 2주 전에 아빠와 헤어지고 짐을 싸서 나갔다. 아빠는 슬픈 일이 있어도 내 앞에서는 좀처럼 티를 내지 않는다. 이번에도 슬프다는 말을 하지 않았다.

아빠는 슬픈 일이 있어도 내 앞에서는 좀처럼 내색하지 않는다.

그래도 나는 아빠가 얼마나 슬픈지 알 수 있었다. 나는 클로에를 정말 좋아했다. 클로에는 나한테 늘 아주 다정했다. 아빠 아파트에서 내 침대가 놓인 작은 벽감 천장에 별들을 멋지게 그려 준 사람도 클로에다. 클로에는 내가 태블릿에 글을 써서 사람들과 이야기할 수 있는 게 아주 멋지다고 말하기도 했다. 하지만 엄마는 내가 이제는 입으로 말해야 한다고 생각한다. 가정 교사였던 조지안느 선생님도 그렇게 생각했다.

에밀리 언니는 남몰래 생각한다. '오로르가 말을 하지 않는 건 자폐증 때문이 아니야. 태블릿으로 말해야 자기가 특별해 보인다고 생각하기 때문이야.'

며칠 전에 나는 언니한테 말했다. "내가 말을 못 하는 건 정말로 말을 못하기 때문이야!"

언니는 고개를 절레절레 흔들며 말했다. "다른 사람들처럼 되기 싫은 거지. 그러면 특별하지 않으니까!"

나는 아빠랑 기차를 타고 파리로 가면서 아빠한테 그 얘기를 자세히 들려주었다. 그러자 아빠가 말했다.

"네 언니는 열네 살이야. 열네 살 때는 세상 모든 일이, 세상 모든 사람이 다 못마땅하고 나쁘게 보여. 네 언니는 네가 태블릿으로 말하는 것 때문에 더 특별해 보인다고 생각하는 거야. 너랑 비교해서 자기가 부족해 보인다고 생각하는 거지. 그건 사실이 아니야. 에밀리도 아주 특별해. 그걸 아직 못 깨달았을 뿐이야."

아빠는 이런 말을 자주 한다. 다른 사람들과 다르게 세상을 본다. 다른 사람들과 다르게 세상을 산다. 점심때가 지날 때까지 잠옷을 그대로 입고 있는 날이 많다. 침대 정리에 게으르다. 혼잣말을 자주 한다. 소설에 등장시킬 새로운 인물을 구상하려 애쓸 때는 특히 혼잣말을 많이 한다. 치즈와 기름진 음식을 아주 많이 먹는다. 밤마다 와인을 예닐곱 잔씩 마신다. 나는 아빠가 취한 모습을 본 적은 없다. 화내는 모습도 본 적 없다. 그렇지만 아빠도 엄마와 마찬가지로 머지않아 마흔 살이 된다. 아빠는 운동 부족이다. 그래서 걱정된다. 살을 빼야 한다. 나는 다른 사람의 눈을 보고 생각을 읽을 수 있다. 그래서 아빠가 지금 건강을 걱정하는 것도 알고 있다.

그래도 아빠는 나랑 있으면 즐거운 생각을 한다. 주말에 둘이 신나는 일을 많이 한다. 지하철을 타고 뤽상부르 공원에 가서 〈아기 돼지 삼형제〉 인형극을 봤다. 그다음에 연못가에서 오리들을 보며 아이스크림을 먹었다. 그때 나는 아빠한테 〈아기 돼지 삼형제〉에서 늑대를 빼고 새로 이야기를 쓴다면 어떻게 쓰겠느냐고 물어보았다. 나는 늑대가 무섭기 때문이다.

아빠와 나는 연못가에서 오리들을 보며 아이스크림을 먹었다.

아빠는 잠시 생각한 뒤에 말했다.

"그렇지만 늑대가 없으면 갈등이 없지. 이야기에는 갈등이 있어야 해."

"아, 알았어! 이야기에는 못된 늑대가 있어야 하는구나. 나쁜 일을 하거나 다른 사람들한테 해를 끼치는 사람이 있어야 하네."

"아니면 더 이상 함께하지 않기로 마음먹은 사람."

아빠는 그 말을 하자마자 속으로 생각했다.

'멍청이, 멍청이. 어쩌자고 오로르한테 그런 말을 해? 클로에와 헤어져서 기분이 안 좋은 걸 오로르한테 말하면, 오로르가 얼마나 마음이 무겁겠어? 아, 사랑은 왜 이렇게 복잡하지?'

나는 아빠한테 다 이해한다고 말하고 싶었다. 또, 아빠와 클로에가 헤어져서 슬프지만, 클로에와 아빠가 아이를 갖지 않게 된 건 솔직히 조금 기쁘다고 말하고 싶었다. 나는 언제까지나 아빠의 막내딸로 남고 싶으니까.

그렇지만 그런 말을 들려줄 수 없었다. 그러면 아빠가 내 비밀을 알게 된다. 나는 신비한 비밀 능력이 있다. 사람들의 생각을 읽을 수 있다. 눈을 보면 그 사람의 생각을 알 수 있다. 이런 내 능력은 조지안느 선생님과 경찰서 형사들만 아는 비밀이다. 그리고 아침에 아빠한테서 들은 말을 생각하면, 그런 능력을 비밀로 하지 않고 드러내면 나쁜 늑대가 될 수도 있다. 주위 사람 모두가 겁먹을 테니까. 내가 늑대처럼 입으로 바람을 불어서 집을 무너뜨린다는 뜻은 아니다. 사람들의 생각은 그 사람 자신만의 것이지 다른 사람들과 나누는 게 아니기 때문이다.

그래서 나는 아무 말도 하지 않고, 아이스크림을 먹으며 오리들을 지

커보았다. 엄마 오리는 아기 오리들이 잘 따라오는지 계속 확인했다. 학교에서 우리를 한 줄로 세워서 잘 따라오는지 확인하는 선생님 같았다. 오리도 사람도 어릴 때는 줄을 잘 서는 것을 배워야 하나? 나는 아빠한테 물어보았다. 아빠는 아이스크림을 우걱우걱 먹다가 내 질문을 잠시 생각했다. 아빠는 정말 단것을 좋아한다. 그리고 맛있는 음식이라면 뭐든 아주 빨리 먹어치운다!

"오로르, 앞으로 세상을 살아가다 보면 너를 줄 세우려는 사람이 아주 많이 나타날 거야. 줄에 맞추라는 사람들한테 절대로 굴복하지 마. 우리 오로르는 틀림없이 그러지 않겠지만."

"그래도 나는 경찰을 도와서 나쁜 사람들이 나쁜 일을 못 하게 막을 거야. 나는 주베 경위의 부관이니까!"

"나쁜 사람들이 다른 사람들을 해치지 못하게 막거나 범죄를 해결하는 건 사람들을 줄 세우는 거랑 다르지."

"아빠는 정말 표현을 멋지게 해. 역시 작가야."

"너도 마찬가지야. 너는 진짜 예술가야."

나는 환하게 웃었다. 예술가라는 말은 처음 들었다!

그날 밤, 아빠와 나는 아주 커다란 영화관에 갔다. '막스 랭데 파노라마'라는 영화관으로, 좌석이 빨간 벨벳으로 덮여 있고 발코니도 있었다. 화면이 어마어마하게 컸다! 우리는 아빠가 아주 좋아하는 영화를 봤다. 〈킹콩〉이다. 영화관에 들어갈 때 아빠가 이 〈킹콩〉은 1933년에 개봉한 오리지널이라고 설명했다. 90년 된 영화다! 흑백이다! 영화는 아주 재미있었다. 그렇지만 슬펐다. 나쁜 사람들이 킹콩을 돈벌이에만 이용하려고 하는데, 여자 주인공은 킹콩을 구하지 못했다. 지하철을 타고 아빠 아파트로 돌아갈 때 아빠한테 왜 그 영화를 아주 좋아하는지 물었다.

"네 엄마랑 처음 만난 시절에 같이 본 영화야."

집에 돌아와서 아빠가 맛있는 코코아를 만들어 주었다. 나는 코코아를 마신 뒤 잠옷으로 갈아입고 이를 닦았다. 아빠가 이불을 덮어 주고 잘 자라고 인사했다. 아주 멋진 하루였지만 지쳤다. 잠에 곯아떨어지기 전에 아빠가 통화하는 소리를 들었다. 누구와 통화하는지 모르지만 아빠는 나지막이 속삭였다. "그래. 오로르도 그 영화를 아주 좋아했어. 다 같이 봤으면 좋았을걸."

그리고 세상이 깜깜해졌다. 그다음에는 곧장 아침이었다. 아빠는 먼저 일어나 있었다. 팽오쇼콜라(초콜릿 빵)와 큰 잔에 담긴 코코아가 식탁 위에서 나를 기다리고 있었다. 태블릿으로 시간을 확인했다. 10시! 진짜 오래 잤다! 주말에 나보다 늦게 일어나던 아빠가 벌써 샤워를 마쳤다. 클로에와 헤어진 뒤로 덥수룩이 기른 수염도 깔끔하게 면도하고, 멋진 검은색 진 바지와 검은색 셔츠도 입었다. 늘 엉망이던 머리도 깔끔했다. 한참 동안 정성을 들여 빗질한 게 틀림없다.

나는 아빠 옆에 앉으며 말했다. "멋져! 나는 수염 없는 아빠가 좋아."

"내가 봐도 수염 없는 내 얼굴이 보기 좋네. 밤에 네 엄마와 얘기했는데, 오늘 엄마 집에서 같이 저녁을 먹기로 했어. 신나지?”

온 가족이 같이 저녁을 먹는다니! 진짜 신나는 소식이야!

“좋아! 엄마랑 아빠가 친하게 지내면 좋겠어.”

“우리는 늘 친하게 지냈어. 아, 물론 나한테는 클로에가 있었고, 네 엄마도 만나는 남자들이 있었지.”

“엄마가 만난 사람들……. 한 명은 너무 지루하고 한 명은 거짓말쟁이였어.”

“오로르, 그건…….”

“아, 엄마가 그렇게 생각했어.”

“엄마 생각을 네가 어떻게 알아?”

“음…….”

사람들의 생각을 읽는다는 비밀은 밝히면 안 된다. 그래서 태블릿에 썼다.

“엄마가 나한테 얘기했어.”

“그래, 나도 네 엄마한테서 이런저런 얘기를 들었어.”

“아빠도 엄마한테 얘기했어? 클로에 얘기?”

아빠가 고개를 끄덕였다.

“그럴 줄 알았어. 아빠랑 엄마는 늘 친했어.”

“이제 더 친해지려고.”

지하철역으로 가는 길에 아빠는 장미 꽃다발과 샴페인을 샀다.

“빈손으로 가기 싫어서.”

“빈손이 아니잖아. 나랑 같이 가니까!”

한 시간 뒤 엄마와 언니와 내가 사는 아파트에 도착했다. 엄마는 집을 깨끗이 청소해 놓았다. 식탁에는 잉그리드 이모한테서 받은 예쁜 그릇들이 놓여 있었다. 엄마가 크리스마스나 생일 같은 특별한 날에만 내놓는 그릇들이다! 엄마는 일요일이면 낡은 청바지와 늘어진 티셔츠를 입는데, 지금은 검은색 리넨 셔츠와 리넨 바지로 예쁘게 차려입었다. 정성껏 화장도 했다. 아주 아름다웠다.

엄마와 아빠는 포옹으로 인사를 나눴다. 그리고 환하게 미소를 지으며 서로를 바라보았다. 언니는 식탁 구석에 앉아서 핸드폰을 보고 있었다. 언니가 쓰고 있던 헤드폰을 벗고 아빠한테 물었다.

"오늘따라 깔끔하게 단장하고 옷도 잘 차려입었네. 웬일이래."

엄마가 소리쳤다. "에밀리! 말투가 그게 뭐니!"

언니가 말했다. "엄마도 차려입었네. 왜 그래?"

엄마가 말했다. "별다른 이유 없어. 가족이 다 같이 저녁을 먹기로 했으니까 거기 맞게 옷을……."

"아, 네." 그리고 언니는 나한테 속삭였다.

"저 이상한 엄마 아빠 사이에 무슨 일 있지? 아는 대로 말해."

나는 대답을 태블릿에 적었다.

"몰라. 어쨌든 나는 마음에 들어!"

엄마는 아빠가 좋아하는 음식을 만들었다. 카르보나라 스파게티다. 아빠는 핸드폰에서 음악을 찾아서 틀었다. 주방에 있는 작은 스피커에서 아빠가 늘 듣는 음악이 흘렀다. 피아노와 드럼, 내 키보다 두 배는 큰 악기인 더블베이스로 연주하는 음악이다. 나는 음악에 맞춰 발장단을 쳤지만, 음악이 조금 구식이라는 생각은 들었다. 언니가 고개를 절레절레 흔들었다.

언니가 말했다. "아빠, 또 재즈."

엄마가 말했다. "재즈가 뭐 어때서."

"지루해."

"나도 열네 살 때는 세상 모든 게 다 지루했어."

"그러던 엄마가 이제는 모든 게 다 재밌나 보네. 그 따분한 은행에서 일하는 것도 재밌고."

엄마 얼굴이 하얗게 질렸다. 표정도 굳었다. 크게 상처받았나 보다.

나는 언니한테 태블릿 글씨로 말했다. "너무 못된 말이야!"

언니가 씩씩거렸다. "왜? 나는 사실만 말했어."

"아니, 언니는 그냥 상처 주고 싶은 거야. 나는 언니가 왜 그러는지 알아. 언니 학교 친구 뤽이 주말에 엘루아즈랑 파리에 가고 싶다고 말했기 때문이야. 언니는 엘루아즈를 싫어하는데……."

언니가 소리쳤다. "네가 어떻게 그걸 다 알아?"

엄마가 말했다. "에밀리, 화낼 일이 아니지."

언니가 엄마한테 소리쳤다.

"엄마도 만나던 남자가 애 딸린 유부남인 거 알았을 때 화냈잖아!"

그러자 아빠가 눈을 부릅떴다.

"에밀리, 못되게 말하지 마."

언니가 소리쳤다. "동생이 스파이야! 엄마 아빠는 애들을 안심시키려고 행복한 가족인 척 연기하고! 그런데 사실은……."

언니가 생각하는 사실이 뭔지 들을 수는 없었다. 언니가 자기 방으로 달려가 버렸기 때문이다. 엄마는 언니를 뒤쫓으려 했지만 아빠가 엄마 팔을 살며시 잡고 말했다.

"에밀리는 혼자 생각 좀 하게 둬. 우리는 샴페인 더 마시자."

엄마는 고개를 숙이고 눈물을 꾹 참았다. 나는 엄마의 생각을 읽을 수 있었다.

'애들 아빠와 이혼하기로 결심한 뒤로 내 인생은 엉망진창이야. 나 때문에 애들이…….'

나는 엄마한테 말하고 싶었다. 누구의 잘못도 아니라고. 엄마 아빠는 아주 훌륭한 부모라고. 학교에도 부모가 이혼한 애들이 많으며 이 아이들은 자기 부모가 서로 헐뜯고 싸운다고 하는데 엄마 아빠는 한 번도 그런 적 없다고. 그러나 내가 말하기 전에 아빠가 이미 엄마를 감싸고 속삭였다.

"에밀리는 사춘기라서 저래. 다른 이유는 없어. 당신 잘못이라고 생각하지 마. 내가 에밀리한테 스파게티 갖다줄게. 에밀리도 배가 부르면 기분이 나아질걸."

아빠가 카르보나라 스파게티를 그릇에 담고 식탁에서 포크 하나를 집었다. 엄마랑 나한테 스파게티가 식기 전에 얼른 먹으라고 말한 뒤, 언니 방으로 갔다.

엄마가 고개를 숙이고 말했다. "행복한 밤이 될 줄 알았는데……."

"언니는 그저 이유 없이 화가 났을 뿐이야. 언니는 다른 사람을 탓하지만, 누구 잘못도 아니야."

엄마가 물었다. "넌 어쩜 그렇게 현명하니?"

"엄마 아빠가 현명하니까."

엄마가 말했다. "우리는 실수도 많이 했어."

"실수를 안 하는 사람도 있어?"

엄마와 나는 스파게티를 다 먹었다. 아빠가 돌아와서 말했다.

"에밀리는 좀 나아졌어. 한참 울고 나서 스파게티를 먹었어. 그리고 나랑 대화도 잘 나눴어."

엄마가 아빠 손을 잡았다. "당신은 아주 좋은 아빠야."

아빠는 그저 싱긋 웃기만 했다. 나는 아빠의 생각을 읽을 수 있었다.

'부모들은 늘 자기가 부모 노릇을 제대로 못 한다고 생각해. 아이들한 테 잘하려고 무척 애쓰는 부모라도 그런 생각을 떨칠 수 없어.'

아빠가 말했다. "내가 더 자주 옆에 있을게."

내가 말했다. "아빠는 늘 우리 곁에 있었어."

"그래도 나만 파리에서 살고 있으니까……."

잠시 침묵이 흘렀다. 엄마가 아빠의 손을 꼭 쥐었다. 엄마랑 아빠는 단둘이 있고 싶은 게 분명했다. 그렇지만 그때 아빠가 시계를 보며 나한테 말했다.

"파리로 가는 막차를 타야 해. 우리는 다다음 주에나 보겠구나. 그래도 문자 메시지는 매일매일 보낼게. 알았지?"

아빠가 커다란 양팔로 나를 꽉 껴안았다. 아빠 품에 안기면 행복할 뿐더러 정말 안심된다. 예전에 엄마는 아빠가 단정하지 않고, 밤늦게까지 잠을 자지 않고, 운동을 하지 않고, 작가로서 스스로를 더 몰아붙이지 않는다고 비난했다. 하지만 이혼한 뒤에는 엄마가 후회했다. 아빠가 옷을 바닥에 아무렇게나 벗어 놓고, 그릇을 제때 설거지하지 않고, 항상 부스스한 모습이어도, 언니와 나한테는 언제나 아주 좋은 아버지인 사실을 엄마도 알고 있었다. 언니는 종종 '아빠는 늘 생각이 다른 데 가 있어.' 하고 불평했다. 그러면 나는 언니한테 말하곤 했다. '아빠는 작가니까 생각이 하늘에 가 있지. 그래도 늘 우리랑 함께 있어.' 아빠도 이혼을 후회했다. 두 달 전에 클로에가 아빠와 헤어지고 직장 동료 위고를 선택했을 때, 아빠는 더 크게 후회했다. 그때 나는 아빠의 생각을 읽었다. '다 함께 살 때 침대 정리를 더 자주 할걸. 애들 엄마가 나한테 책임감을 더 느끼라고 할 때 말을 잘 들을걸.'

그런데 이제 엄마와 아빠는 내가 아주 어릴 때 본 뒤로 못 보던 표정으로 서로를 바라보았다. 나는 잘 자라는 인사로 엄마를 꼭 껴안았다. 태블릿 알람을 아침 일곱 시에 맞췄으니 아침 먹을 때 다시 만나자고 말했다. 내 방으로 가면서 생각했다. 내일 아침에 일어났을 때 아빠가 있으면 얼마나 좋을까.

침대에 올라가서 **참깨 세상**에 잠깐 다녀올까 생각했다. **참깨 세상**은 또 다른 세상이다. 그곳에는 친구 오브도 있다. **참깨 세상**에 가려면, 태블릿 화면에 별을 띄우고 별에 집중하면서 '참깨, 참깨, 참깨' 하고 계속 주문을 외우면 된다. 그렇지만 지금은 늦은 시각이고, 오브도 나처럼 열한 살이며 아침 일찍 학교에 가야 한다. 오브와 나는 늘 서로 힘이 되는 좋은 친구지만, 오브가 밤에 움직이는 경우는 현실 세계에 해결해야 할 심각한 문제가 있을 때뿐이다. 그러니까 지금은 눈을 감고 잠을 자기로 마음먹었다. 잠 들기 직전에 현관문이 열리는 소리, 엄마와 아빠가 작별 인사를 나누는 소리, 문이 닫히는 소리가 들렸다. 나는 절대 슬퍼하지 않는다. 이것도 나의 특별한 능력이다! 그렇지만 오늘 밤에는 정말 마음이 아팠다. 아침이면 아빠가 여기 없다니…….

창으로 빛이 들어왔다. 또 하루가 시작됐다. 시간을 확인하려고 태블릿을 보았다. 07:02. 8시 전에 교실에 앉아 있어야 한다. 한 시간도 채 안 남았다. 침대에서 내려와 옷을 입었다. 언니 방문을 노크했다. 대답이 없었다. 또 한 번 노크했다. 여전히 아무 대답도 없었다. 방문을 열었다. 언니가 없다! 아주 이상한 일이다! 얼마 전에 엄마가 나한테 부탁했다. '나 대신 네 언니 좀 깨워 줘.' 요즘 언니는 학교에 가야 하는 날이면 눈을 뜨기 싫어했다. 엄마가 나한테 언니를 깨우라고 부탁한 데는 이유가 있다. 엄마가 언니를 깨우면 언니는 이제 학교를 때려치우고 파리로 도망쳐서 만화책 서점에서 일하며 만화를 그리겠다고, 지금 살고 있는 이 퐁트네-수-부아로는 절대로 돌아오지 않겠다고 말하는데, 나는 그런 말을 들어도 그저 빙긋 웃기만 한다.

언니의 이상한 계획에 나는 간단히 대꾸한다. "그걸 다 하기 전에 우선 아침을 먹어야 하지 않을까?"

어쨌든 지금은…… 언니가 침대에 없었다.

나는 얼른 주방으로 갔다. 주방 문이 닫혀 있었다. 문을 열자마자 언니가 나한테 말했다.

"누가 우리 집에서 잤는지 알아?"

안으로 들어가 보니 우리가 늘 아침을 먹는 작은 식탁 앞에 엄마와 함께 앉아 있는 사람은 다름 아닌 아빠였다. 나는 깜짝 놀랐다. 어젯밤에 아빠가 집을 나서는 소리를 분명히 들었는데……. 나는 태블릿에 '아침에 또 오셨네요!' 하고 적으려다가 멈췄다. 아빠는 어젯밤에 현관문을 나섰다가 무슨 이유에서인지 다시 돌아온 게 틀림없었다. 그리고 지금 아빠는 엄마 손을 잡고 엄마와 나란히 앉아 있었다. 엄마도 아빠도 수

우리가 늘 아침을 먹는
식탁 앞에 엄마와 아빠가
함께 앉아 있었다.

줍은 미소를 지었다.

　엄마가 말했다. "새로운 소식이 있어. 아빠랑 내가 다시 합치기로 했어. 아빠는 파리에 있는 아파트를 정리하고 이번 주에 우리 집으로 들어와."

　나는 소리치고 싶었다. 그러나 내 입에서는 목소리가 나오지 않는다. 그래서 태블릿에 써서 말했다.

　"최고의 소식이야!"

　그리고 언니한테 말했다.

　"우리가 다시 한 가족이 돼!"

　언니는 크루아상을 한 입 베어 물고 비죽거리며 말했다. "어디 동화처럼 되나 보자."

그날은 또 다른 이유로 중요한 날이었다. 새로운 선생님이 온다! 이름은 다이안이다. 지금까지 나를 가르치던 조지안느 선생님은 애인인 레옹과 함께 리모주로 간다. 석 달 뒤면 조지안느 선생님은 아이도 낳는다. 조지안느 선생님은 4년 동안 나를 맡았다. 조지안느 선생님이 처음 나를 가르치기 시작할 때 나는 전혀 대화를 나눌 수 없었다. 말을 할 수 없고, 글을 쓸 줄도 몰랐다. 자폐증 전문 의사를 계속 찾아다녔다. 말을 못하는 원인은 자폐증이었다. 의사들의 진단은 한결같았다. 이 아이는 나아질 수 없다, 누구와도 대화할 수 없다, 사람들과 단절된 채 '갇혀' 살아야 한다. 마지막으로 나를 진찰한 '전문가'한테서 이런 말을 들은 뒤, 엄마와 아빠는 몹시 슬퍼했다. 그 직후에 엄마와 아빠는 헤어져 살기로 결정했다.

언니는 엄마와 아빠가 따로 살게 된 게 내 자폐증 때문이라고 말했다. 엄마와 아빠는 나 때문에 두 사람이 헤어지는 게 아니라고 나를 안심시켰다. 함께 살지는 않아도 언니와 나를 위한 일이라면 언제라도 힘을 합칠 거라고 말했다. 그다음, 엄마는 우리를 데리고 퐁트네-수-부아로 이사했다. 그리고 이곳에서 내 가정 교사를 구했다. 조지안느 선생님이었다. 나는 금세 선생님과 친해졌고, 선생님 덕분에 모든 게 바뀌었다. 선생님은 내가 태블릿으로 말하는 법을 배워야 한다고 힘주어 말했다. 생각하는 것, 말하고 싶은 것을 글로 쓴다! 내가 바라는 것을 글로 표현하는 법을 알아내기까지는 시간이 걸렸다. 그래도 선생님은 나한테 '할 수 있다'고 계속 말했다.

드디어 어느 날, 나는 태블릿으로 말하기 시작했다. 그날 일은 지금도 생생하다. 엄마가 은행에서 퇴근해 집으로 돌아왔을 때 선생님과 나는 식탁 앞에 앉아 있었다. 선생님은 엄마한테 깜짝 선물이 있다고 말했고, 나는 태블릿을 들어 엄마한테 내보였다. 태블릿에는 오늘 하루를 잘 보냈느냐는 인사가 적혀 있었다.

엄마가 대답했다. "아, 은행에 다니면 매일이 똑같아."

나는 태블릿에 적었다.

"그래도 엄마는 손님들하고 있었던 일들을 아주 재밌게 들려주잖아. 지난 주에는 튀르종이라는 아저씨가 개를 위한 문신 숍을 열고 싶어서 자금을 대출받으려고 했다면서?"

엄마가 갑자기 울음을 터뜨렸다.

내가 물었다.

"개한테 문신을 새기는 게 싫어서 울어? 나도 싫어! 그 아저씨가 대출을 못 받아서 다행이야!"

엄마가 눈물을 닦고 말했다.

"내가 운 이유는, 드디어 우리가 대화하게 됐기 때문이야! 이제 우리 오로르가 생각을 전할 수 있어! 이런 날이 올 줄은 생각도 못 했어."

나는 빙긋 웃으며 말했다.

"이게 다 조지안느 선생님 덕분이야! 조지안느 선생님이 나를 밀어붙였어. 이제 빨리 말하는 법을 배우려고!"

조지안느 선생님과 함께한 4년 동안 우리는 일주일에 나흘을 만났다. 내 곁에 없는 사흘 동안에도 선생님은 문자 메시지로 나의 일상을 확인했다. 선생님은 내가 마음만 먹으면 못 할 일이 없다고 말했다. 자폐증은 장애가 아니라고, 세상을 다르게 보는 것뿐이라고 말했다. 사람들의 생각을 읽을 수 있는 나의 비밀 능력을 아는 사람은 조지안느 선생님뿐이다. 나와 함께 사건을 해결하는 형사들도 내 신비한 능력을 알고 있지만, 경찰이 아닌 보통 사람으로는 조지안느 선생님만 알고 있다. 조지안느 선생님은 자주 말했다. 그런 특별한 능력은 사람들을 돕는 데 써야 한다고, 남들을 괴롭히거나 해코지하는 사람도 마음속에는 다른 사정이 있을 수 있으니 그것을 볼 수 있는 나는 그 사람들한테도 친절할 수 있다고 했다.

몇 달 전 아나이스 패거리가 나를 괴롭혔을 때도 조지안느 선생님이 말했다. "착한 사람을 좋아하는 건 쉬워. 너한테 못되게 군 사람도 연민으로 대하는 게 제일 어려워. 하지만 그게 제일 좋은 일이고 정의로운 일이기도 해. 남을 괴롭히는 사람은 속으로 늘 두려워하고 대부분이 아주 외로워. 학교에서 다른 애들을 괴롭히는 아이들은 대부분 가정에서 학대를 받아. 적어도 부모한테서 사랑받는 기분을 못 느끼면서 자라. 그래서 사랑받지 못한 아픔을 숨기려고 다른 아이들을 공격하는 거야."

조지안느 선생님한테서 정말 많은 가르침을 받았다. **참깨 세상**에 있는 오브를 빼면, 조지안느 선생님이 나와 제일 친한 사람이다. 그런데 오늘 조지안느 선생님과 작별해야 한다. 영원한 작별은 아니다. 아주아주 멀리, 뉴질랜드나 누벨칼레도니섬(뉴칼레도니아섬) 같은 곳에 가는 것은 아니니까. 뉴질랜드와 누벨칼레도니섬은 내가 가보고 싶은 곳이다. 드넓은 바다 한가운데 외따로 있는 곳이기 때문이다! 엄마한테서 들었는데, 리모주는 파리에서 기차로 몇 시간이면 갈 수 있다. 조지안느 선생님은 몇 달 뒤 아기가 태어나면 나한테 리모주에 놀러 와서 주말을 같이 보내자고 말했다.

나는 선생님의 말에 방긋 웃었다. 나는 혼자 기차를 탄 적이 없다. 혼자 기차를 타고 리모주에 가 보고 싶다! 그렇지만 이제 조지안느 선생님한테서 배울 수 없다니 무척 슬프다. 정말이다. 그리고 앞서 말했지만, 나는 슬픈 적이 없다. 이런 내가 조지안느 선생님을 생각하면 아주 슬프다. 그렇다고 해서 새 가정 교사를 좋아하지 않는다는 뜻은 아니다.

조지안느 선생님이 소개한 다이안 선생님은 젊다. 스물세 살이다. 내가 여태 만난 사람들과 다르다. 아빠는 다이안 선생님을 표현하기에 딱 맞는 단어가 있다고 했다. '튄다'라나. 아주 멋진 말 같다. 아빠한테서 '튄다'의 뜻을 듣자, 더 멋지게 느껴졌다. '튄다'는 '다른 사람의 시선을 끌다'라는 뜻이란다. 다이안 선생님이 그렇다. 키는 작다. 금발인 머리는 빵빵하게 부풀렸다. 오버올을 입는다. 완전히 나 같다! 조지안느 선생님이 우리 엄마 아빠와 나한테 처음 다이안 선생님을 소개한 날, 다이안 선생님은 나를 따로 불러서 말했다.

다이안 선생님 : 23세,
작은 키, 곱슬머리,
오버올 스타일.

"내가 네 나이일 때, 그러니까 지금 나이의 딱 반일 때인데, 그때 사람들이 하나같이 나를 보고 아주 이상하다고 말했어. 학교에서는 늘 괴롭힘을 당했어. 조지안느 선생님한테 들었는데, 너도 학교에서 괴롭힘을 당했다면서? 그런데 네가 그 패거리의 우두머리를 나쁜 보호자들한테서 용감하게 구했다면서?"

"이제 괴롭히는 애들은 없어요."

"당연하지. 네가 끔찍한 범죄도 해결하고, 다락방에 갇힌 사람도 구했으니까. 보기 드문 열한 살짜리 영웅이야."

"저는 영웅이 아니에요."

"너무 겸손해! 경찰도 널 아주 대단하다고 생각한다면서? 조지안느 선생님한테서 들은 이야기들을 생각하면, 조지안느 선생님이랑 경찰만 알고 있는 특별한 능력이 너한테 있는 것 같아. 그래, 지금 당장 그 비밀을 들려 달라고 말하지는 않을게. 나중에 내가 믿을 만하다고 생각되면 그때 얘기해도 돼. 그래도 하나만 물어보자. 사는 게 너무 힘들 때 가는 비밀 장소 같은 곳도 있니?"

나는 눈이 휘둥그레져서 물었다. "**참깨 세상**을 어떻게 아세요?"

"아하, 거기가 **참깨 세상**이야?"

"이름도 아세요?"

"네가 방금 말했잖아."

나는 빙긋 웃으며 말했다. "아, 그랬네요. 그런데 어떻게 아시는……?"

"오로르한테 비밀 세상이 있는 걸 어떻게 아느냐고? 나도 비밀 세상에서 비밀 친구랑 대화했으니까. 그렇지만 지금 그 얘기를 다 들려주면 내가 이상한 사람으로 보일걸. 부활절 토끼가 오랫동안 친구였다는 사실을 자기 입으로 인정할 사람이 어디 있겠어?"

"부활절 토끼를 아세요? 저는 예전부터 만나고 싶었어요. 우리 언니가 부활절 토끼랑 친했어요. 그래서 더 궁금했어요. 그런데 언니는 이제 부활절 토끼가 유치하대요."

"나이가 들면 다른 친구를 찾게 되지. 그래도 나는 루이가 유치하다고 생각한 적은 없어."

"선생님 친구인 부활절 토끼 이름이 루이예요? 루이 몇 세, 몇 세 하는 그 프랑스 왕들과 같은 이름인가요?"

"그래, 루이는 토끼의 왕이야. 아주 똑똑해. 내가 아주 외롭고 사람들이 다 나를 이상하다고 말할 때, 루이는 남다른 거, 이상한 것도 멋지다고 나한테 말했어. 예술적인 사람이나 남다른 사람은 '이상하다'는 말을 들어. 그리고 사람들은 특별한 사람을 보면 마음이 불편하기 때문에 그 사람을 '이상하다'고 말해."

모든 토끼의 왕

"아주 똑똑한 토끼네요! 선생님한테도 조지안느 선생님 같은 분이 계셨나요?"

"아스트리드라는 멋진 선생님이 있었어. 스웨덴 사람인데 프랑스에서 살았어. 나는 어릴 때 같은 말을 계속 반복했어. 그리고 시간 개념, 인과관계를 제대로 이해하지 못했어. 예를 들어, 엄마가 나한테 자전거를 탄 뒤에 피자를 먹으러 가자고 하면, 나는 피자부터 먹으러 가자고, 왜 피자부터 먹으면 안 되느냐고 소리치고 고함질렀어. 엄마가 지금 아침 일곱 시고, 피자는 점심때가 돼야 팔기 시작한다고 설명해도 나는 막무가내로 피자를 먹겠다고 떼쓰고 엄마가 피자를 못 먹게 한다고 울었어. 그러면 엄마도 울었어. 나를 대하기가 너무 힘들다고, 나를 사랑하지만 내 자폐증은 너무 힘들다고."

나는 다이안 선생님의 어깨에 손을 얹고 위로했다. "우리 엄마는 한 번도 그런 말 안 했어요. 아빠도."

"두 분이 이혼하셨지?"

"이제 아니에요." 나는 오늘 아침에 일어났더니 아빠가 집에 있고, 좋은 소식을 들었다고 말했다. 다이안 선생님의 어머니와 아버지도 이혼했고, 아버지는 브라질에 살고 있어서 1년에 한 번밖에 못 본다고 한다. 그래도 지금은 어머니와 아주 잘 지낸다고 한다. 선생님의 어머니는 딸이 교사가 됐다는 사실을 아주 자랑스럽게 여긴다고 한다.

"조지안느 선생님이 떠나서 무척 슬프지? 나도 아스트리드 선생님이 떠날 때 엄청 슬펐어. 아스트리드 선생님은 고향인 스웨덴에 일자리가 생겨서 스웨덴으로 돌아갔어. 열한 살 때는 곁에 있던 사람이 갑자기 없어지는 걸 상상도 못 하지. 이제 스물세 살이 돼서 깨닫기 시작했는데, 만남이 있으면 헤어짐도 있어. 헤어지는 건 어떤 경우라도 아주 무섭지. 특히 엄마나 아빠를 못 보게 되지 않을까 생각하기만 해도 무서워. 누구나 옆에 의지할 만한 사람이 필요해. 외롭지 않다고 느낄 수 있게."

그 말에 나는 밝게 미소를 지었다. 조지안느 선생님이 그날 아침에 다이안 선생님과 함께 학교로 왔을 때 나는 슬펐다. 우리는 학교 정문에서 만났다. 아이들은 교문 안으로 달려가고 있었고, 조지안느 선생님은 무릎을 굽히고 앉아서 나를 껴안으며 울기 시작했다. 그리고 나를 더 꼭 껴안았다.

"앞으로는 매일 볼 수 없지만 그래도 항상 내가 옆에 있다는 거 잊지 마. 너는 나의 별이야. 그리고 언젠가 꼭 입으로 말할 수 있을 거야!"

나는 미소를 지으며 고개를 끄덕였다. 조지안느 선생님은 내가 입으로 말하겠다고 약속하기를 바라고 있었다. 그게 조지안느 선생님의 꿈인 것을 나도 잘 알고 있었다. 하지만 내가 의지나 노력과 상관없이 입으로 말할 수 없는 것은 조지안느 선생님도 잘 알고 있었다. 그리고 나는 태블릿으로 말하는 것으로도 아주 행복하다. 이제 태블릿으로 조지안느 선생님한테 아빠가 우리와 함께 살게 됐다고 말하면서 아주 행복했다.

"정말 멋진 소식이네! 나도 정말 기뻐."

나는 고개를 돌려 뒤에 다이안 선생님이 없는지 확인했다. 없었다. 그래서 재빨리 썼다.

"새 선생님이 아주 멋진 분 같아요. 그런데 제 비밀을 말해도 될 만큼 믿을 만한 분일까요?"

"그건 네가 다이안 선생님을 더 잘 알게 된 뒤에 직접 판단하렴. 어쨌든 내가 보기에는 비밀을 지킬 줄 아는 사람 같아."

조지안느 선생님이 눈물을 닦고 또 말했다.

"쉬운 이별은 어디에도 없네. 그럼⋯⋯."

조지안느 선생님은 마지막으로 한 번 더 나를 껴안은 뒤 몸을 돌려 밖으로 나갔다. 길에서 몸을 돌려 마지막으로 손을 흔들었다. 나는 조지안느 선생님의 생각을 읽을 수 있었다. '얼른 커피를 마시고 싶어!'

어깨에 닿는 손길. 다이안 선생님이었다.

다이안 선생님이 말했다. "힘들었지? 이제 조지안느 선생님은 카페에 앉아서 에스프레소를 마시면서 담배를 못 피우는 걸 아쉬워할 거야. 남몰래 한 개비씩 피웠거든. 아이를 가진 뒤로는 안 피우지만."

나는 놀라서 다이안 선생님을 보며 물었다.

"어떻게 그걸 다 아세요?"

"그냥 내 짐작이야. 너처럼 신비한 능력이 있는 건 아니야."

나는 갑자기 걱정됐다.

"저한테 신비한 능력이 있는 건 어떻게 아세요?"

"방금 네가 말했네. 신비한 능력이 있다고."

나는 생각했다.

'새 선생님은 나처럼 사람들의 눈을 통해 생각을 읽는 능력은 없어도 다른 사람들이 자기 입으로 생각을 말하게 만드는 법은 알고 있는 게 분명해. 아주 똑똑하고 머리가 빨리 돌아가는 분이야.'

★

아빠는 파리에 있는 아파트를 정리하고 짐을 모두 우리 집으로 옮겼다. 아빠는 책을 아주 좋아한다. 아빠는 작가니까! 책이 1,000권 가까이 된다! 거실에 책꽂이를 설치하는 데 엄마도 찬성했다. 아빠는 작은 사다리와 줄자를 샀다. 거실 벽들을 자로 재고 연필로 표시한 뒤 널빤지와 철제 버팀대와 드릴을 가져왔다. 엄마가 퇴근해서 집에 왔을 때 거실에는 책꽂이 만들 자재가 쌓여 있었다. 엄마는 입술을 비죽 내밀었다. 못마땅하다는 표시다. 그 표정을 본 아빠는 엄마를 안심시키려고 내일까지 책꽂이를 다 설치하겠다고 말했다.

엄마가 말했다. "그리고 책꽂이는 흰색으로 칠해 줘."

언니가 말했다. "검은색으로 칠해. 내 영혼 같은 검은색."

엄마가 물었다. "왜 네 영혼이 검은색이야?"

"퐁트네−수−부아에 살고 있으니까!"

아빠가 웃었다. 엄마는 점점 화가 차올랐다.

"여기가 얼마나 아름다운데! 다른 사람들은 다 여기 살고 싶다고 할걸."

"아름다워? 엄마는 눈이 뻤네."

아빠가 엄마 손을 잡으며 말했다. "나는 여기 살게 돼서 아주 행복해."

언니가 말했다. "아빠는 그렇겠지. 파리에서도 19구에 있는 쓰레기장 같은 데서 살았으니까."

아빠가 말했다. "에밀리, 넌 잠시 방에 가 있어야겠다."

"아하, 이제 다시 같이 살게 됐으니 아빠랍시고 나한테 명령을 내리시겠다? 아빠 노릇도 제대로 한 적 없으면서……."

"에밀리, 어떻게 그런 말을!"

소리친 사람은 엄마였다. 아빠가 엄마 팔을 잡았지만, 엄마는 아빠 손을 뿌리쳤다.

엄마가 언니한테 소리쳤다. "그 못된 짓에 이제 나도 질렸어!"

언니는 자기 방으로 휙 달려갔다.

엄마가 아빠한테 말했다. "당신이 따끔하게 혼내야 해."

아빠가 말했다. "에밀리는 아직 어리잖아."

"쟤가 당신한테 퍼부은 말의 절반만 내가 우리 아버지한테 했으면, 우리 아버지는 나를 기숙학교로 보냈을걸. 수녀들이 운영하는 아주 엄격한 데로!"

아빠가 빙긋 웃으며 말했다.

"그래서 당신이 나를 사랑한 거 아닌가? 내가 너무 엄하신 아버님과 달라서."

내가 말했다. "내가 언니랑 얘기할게."

엄마가 말했다. "행운을 빌어."

아빠가 말했다. "오로르라면 틀림없이 에밀리를 위로할 수 있지."

엄마가 아빠한테 물었다. "책꽂이는 내일까지 완성할 거지?"

"페인트칠까지 다 마칠게." 아빠가 그 말을 할 때 나는 이미 언니 방까지 반쯤 와 있었다. 언니 방에서 음악소리가 크게 울렸다. 언니가 정말 좋아하는 남자 밴드 노래다. 만나던 여자가 자기를 버리고 자동차 있는 남자한테 갔다는 노랫말이다. 나는 방문을 노크했다.

언니가 소리쳤다. "꺼져!"

그러나 나는 되받아 소리칠 수 없으니까 문을 열었다.

언니가 나를 보고 소리쳤다. "꼴도 보기 싫어! 전부 다!"

나는 언니 핸드폰이 놓인 곳으로 가서 음악을 껐다.

"누구 맘대로 꺼? 나가!"

내가 말했다. "언니, 왜 그렇게 화가 났어? 지금은 우리 가족이 행복한 순간이야."

"넌 맨날 행복하지! 좋겠다, 아주! 네가 장애인이라서 그런지도 모르지. 뭐든 좋은 면만 보잖아."

내가 말했다. "자폐는 장애가 아니야. 다른 사람들과 관점이 다른 거야. 언니가 지금 그런 말을 한 건 나한테 상처를 주고 싶기 때문이야. 그래서 아빠한테도 그런 말을 했고. 언니는 지금 세상 모든 일에 화를 내고 있어."

"학교에서 애들이 나만 따돌리니까. 점심도 같이 안 먹어. 수업 끝나고 놀러 갈 때도 나는 안 데려가. 애들이 뒤에서 헐뜯어. 내 험담만 하는 게 아니라 네 험담도 해."

"그 애들은 혼자 있는 걸 두려워해."

"걔들이 몰려다니는 건 혼자서는 아무것도 못 하기 때문이야. 언니나 나처럼 특별한 사람으로 보이고 싶은데 자기는 그러지 못할까 봐 겁내는 거야. 그래서 혼자 못 있고 몰려다니는 거야."

그러자 언니는 더 이상 나쁜 말을 하지 않았다. 나는 언니의 생각을 읽을 수 있었다. '내가 이상한 아이일지도 몰라. 그렇지만 적어도 나는 말을 할 수는 있어!' 나는 언니의 그 생각에 아무 대꾸도 하지 않았다. 거기에 내가 뭐라 말하면 사람들의 생각을 읽는 내 비밀 능력을 언니가 알아챌 테니까. 대신 언니의 어깨에 손을 얹고 말했다.

"학교에서 애들한테 당했다고 다른 사람한테 화풀이하는 건 좋지 않아. 엄마나 아빠한테 화풀이하는 건 더 나빠. 엄마는 언니랑 지금까지 많이 싸웠으니까 익숙해졌을지 모르지만, 아빠는……."

"아빠는 우리를 버리고 클로에랑 살았어. 클로에는 아빠보다 나이도 너무 어리고, 아기도 낳고 싶다고 했고……."

"아빠가 클로에를 만난 건 이혼한 뒤야. 그건 언니도 잘 알잖아. 그리고 클로에는 좋은 사람이고……."

"너는 그렇겠지. 클로에가 널 특별한 아이로 대했으니까. 세상 사람들 다 널 특별하게 대하잖아."

나는 언니를 한참 바라보았다. 오래전부터 언니한테 하고 싶었던 말을 할까 말까 망설였다. 언니가 들으면 화낼 말이기 때문이다. 말하는 나도 기분 나쁠 말이었다. 결국 그 말을 꺼냈다.

"언니는 항상 그 말을 해. 내가 특별 대우를 받는다고, 내가 사람들 관심을 독차지한다고. 그럼, 언니한테 물어볼게. 언니도 나처럼 태블릿으로만 대화하는 사람이 되고 싶어? 입으로는 말하지 못하는 사람이 되고 싶어? 내가 언니보다 좋은 대접을 받는다고 생각하면, 나랑 바꿀래? 언니 목소리랑 내 태블릿을 바꾸고 싶으면……."

언니가 손바닥으로 얼굴을 가리고 울기 시작했다. 그리고 나한테 쉭쉭대며 말했다. "나가. 혼자 있고 싶어."

"알았어. 나갈게. 그래도 하나만 더 말할게. 언니가 지금은 모든 게 힘들고, 사람들이 다 언니한테서 등을 돌렸다고 생각하더라도 엄마와 아빠와 나는 언니 편이라는 걸 잊지 마. 언니는 혼자가 아니야."

언니가 베개에 얼굴을 묻고 더 격하게 울었다. 나는 언니를 꺼안으려 했지만 언니가 몸을 뺐다. 나는 위로할 때 거절당하면 슬퍼진다. 그래도 끝까지 말했다.

"나는 내 방으로 갈게. 내가 필요하면 언제라도……."

"아무도 필요 없어!"

불쌍한 언니. 모든 일에 감정이 너무 앞선다. 언니가 세상을 더 긍정적으로 보게 되면 좋겠다. 그런데 언니는 내가 지나치게 긍정적이고 지나치게 만족한다고 생각한다. 내가 항상 좋은 면만 보려 한다나. 그게 왜 문제지?

내 방으로 돌아왔다. 지금이 **참깨 세상**으로 가기에 딱 좋은 시간이라는 생각이 들었다. 너무 늦은 밤도 아니어서 부모님한테 걱정을 끼치지 않고 오브와 함께 모험할 수 있다. **참깨 세상**은 항상 안전하다. 자동차도 없어서 2인승 자전거를 오브와 함께 타고 어디든 갈 수 있다.

침대에 앉아서 손가락으로 귀를 막고 눈을 꼭 감았다. '참깨, 참깨, 참깨' 세 번을 나직이 말했다. 그러자 어느새…….

뿅!

나는 순식간에 15구에 있는 오브네 집, 오브의 방에 와 있었다. 오브는 책상에서 색연필로 그림을 그리고 있었다. 나는 오브 뒤로 살금살금 다가가서 오브를 꽉 껴안았다.

오브가 물었다. "**힘든 세상**에서 안 좋은 일이라도 있었어?"

나는 엄마와 아빠가 다시 합쳤다는 좋은 소식과 언니의 나쁜 소식을 오브한테 들려주었다.

"엄마 아빠 일은 정말 잘됐네. 그렇지만 언니는……. **힘든 세상**에서는 말싸움이 그칠 날 없지만, 여기는 달라. **참깨 세상**에서는 모두가 아주 친절하고 서로 배려해. 그런데 **힘든 세상**에서는 그런 문제가 있구나. 아, 새로 친해진 친구가 있는데, 사람들이 겪는 문제들에 좋은 해결책을 많이 내놔. 그럴 만하지. 그 친구는 유명한 철학자의 반려동물이거든."

"철학자? 뭐 하는 사람이야?"

"인생을 생각하는 사람. 어떻게 살아야 할지 생각하는 사람."

"정말이지 누구나 꼭 생각해야 하는 것들이네! 그런데 그 친구가 철학자의 반려동물이라고?"

"고양이야."

"고양이! 고양이 좋아. 고양이는 아주 독립적이야."

"이 친구도 아주 독립적이야. 그래도 사람이 쓰다듬는 건 좋아해. 고양이는 그래. 혼자 있어도 아주 만족하고, 개처럼 행복한 표정을 꾸며 내지는 않아. 그래도 사람의 애정은 좋아해. 적어도 아보카는 그래."

"아보카? 변호사? 고양이 변호사야?" '아보카(Avocat)'는 프랑스어로 변호사를 뜻하며, 영어로 읽으면 '고양이'를 뜻하는 cat이 뒤에 들어간다.

"변호사는 아니야! 그런데 아보카를 키우는 사람은 자기 고양이한테 그 이름을 붙이면 재미있겠다고 생각했나 봐. 유머 감각이 별로야."

"아보카는 언제 만날 수 있어?"

"지금 당장! 내가 방금 아보카랑 아보카를 키우는 남자도 그리고 있었어."

나는 오브가 그린 그림을 보았다. 검은색과 흰색 털이 섞인 고양이로, 눈빛이 아주 진지했다. 같이 있는 남자는 더 진지한 표정이었다. 동그란 안경을 쓰고 입에는 파이프를 물었다.

"남자 이름은 장 폴이야. 사람들은 다 사르트르라고 불러."

"성으로 불리기를 더 좋아했나 봐."

"아보카가 그러는데, 사르트르라는 이름만으로도 하나의 철학으로 통한대."

"어디서 만나?"

"사르트르가 좋아하는 카페에서."

"카페에서 코코아도 팔까?"

"당연하지. 사르트르는 거기서 레드와인을 마시겠지만."

오브와 나는 2인승 자전거를 탔다. 센강을 따라가다가 오른쪽으로 꺾어 6구로 갔다. 밤이 되어서 자전거 불을 켰다. **참깨 세상**에는 자동차가 없으니까 자전거를 아주 빨리 몰 수 있다. 가는 동안 나는 오브한테 다이안 선생님 이야기를 들려줬다.

오브가 물었다. "네 비밀 능력은 얘기했어? 사람들 눈을 보고 생각을 읽는 능력이 있다고 말했어?"

"내 입으로 말 안 했지. 그런데 다이안 선생님이 짐작으로 알아낸 것 같아."

오브와 나는 2인승 자전거를 타고 센강을 따라가다가 오른쪽으로 꺾어 6구로 갔다.

"생각을 읽을 수 있는 선생님한테 배우다니, 기분이 이상하겠다. 그래도 선생님이 또 물어보면······."

"아무 말도 안 할 거야! 조지안느 선생님이 그러는데, 사람들이 내 비밀을 알면 불편할 거래. 생각이라는 건 남몰래 속으로 하는 건데 그걸 누가 알아내면 불편하대. 그래서 다이안 선생님 앞에서는 조심하려고. 어쨌든 다이안 선생님은 아주 멋진 분 같아. 그냥, 내 비밀 능력을 누가 알게 되면 그 사람 기분이 어떨지 나는 아직 잘 모르겠어. 그래서 말 안 하려고."

"아보카한테 물어봐. 아보카는 사람들 생각을 많이 알아. 사람들이 남에 대해 어떻게 생각하는지도 많이 알아."

"아보카도 비밀 능력이 있어?"

"아니. 철학자라서 아는 거야!"

생제르맹가를 쭉 지나다 성당 바로 앞에 멈췄다. 사람들이 재즈를 연주하고 있었다.

내가 오브한테 말했다. "우리 아빠는 재즈를 좋아해."

오브가 말했다. "작가들은 다 재즈를 좋아해. 작가가 소설을 써서 또 다른 세상을 만든다면, 재즈 음악가들은 연주로 하나의 세상을 만들어."

카페 이름은 '레 두 마고(Les Deux Magots)'였다. 아보카는 입구 바로 앞에 있는 테이블 위에서 우리를 기다리고 있었다. 오브와 내가 자리에 앉

성당 앞에서 사람들이 재즈를 연주하고 있었다.

자 아보카는 오브의 팔에 몸을 비비며 인사했다. 오브가 나를 소개하자 아보카는 배를 쓰다듬으라고 드러누웠다. 내가 배를 만지자 아보카는 다시 네 발로 서서 말했다.

"나는 사람들이 쓰다듬는 걸 좋아해. 그렇지만 개들처럼 늘상 사람들의 손길을 바라지는 않아. 언제 사람들한테 애정을 구할지, 언제 혼자 생각에 잠길지, 이 두 가지를 다 내가 결정해."

카페 점원이 왔다. 우리는 코코아를 주문했다. 점원은 아보카한테 친구 고양이인 몽테뉴가 바깥 골목에서 기다린다고 말했다.

아보카가 점원한테 말했다. "지금 다른 친구들과 있으니까 한 시간 뒤에 골목으로 가겠다고 전해 주세요."

그다음 아보카는 우리한테 말했다.

카페 '레 두 마고'

"어제 몽테뉴와 토론을 했어. 주제는 두려움이었어. 몽테뉴가 뭐라고 말했는지 알아? '내 삶은 끔찍한 불행으로 가득한 것 같았지만, 그 대부분은 절대 일어나지 않을 일이었다.'"

내가 말했다. "좋은 말이야! 정말 맞는 말이네! 우리는 절대로 벌어지지 않을 일들을 너무 많이 걱정해."

아보카가 말했다. "두려움은 인생의 나쁜 면이지. 그렇지만 두려움도 선택이야. 나랑 함께 사는 사르트르는 '우리는 우리의 선택이다.'라는 생각에 골몰하고 있어. 이 말은 '우리는 자신이 결정한 선택들의 결과물이다.'라는 뜻이야."

내가 물었다. "그럼, 우리가 불행해지기를 선택하면……?"

아보카가 말했다. "불행해지지. 살아가면서 나쁜 일이 벌어졌을 때

우리는 그 일에 어떻게 반응할지 선택하는데, 그 선택에 따라 정말로 더 나쁜 일들이 벌어질 수도 있어.”

내가 말했다. “그러니까 학교에서 괴롭힘을 당할 때, 괴롭히는 아이들이 하는 말이 옳고 내가 걔들을 막을 수 없다는 생각을 선택한다면…….”

아보카가 말했다. “바로 그거야! 괴롭힘을 당하는 건 힘든 일이지. 그렇지만 걔들한테 그냥 굴복하거나, 겁먹고 선생님한테 얘기하지 않기로 마음먹으면, 그것도 너의 선택이라고 말할 수 있어.”

“그러니까 사르트르의 말은 우리 선택에 따라 인생이 달라진다는 뜻이야?”

“바로 그거야! 오로르, 역시 너는 벌써 철학을 이해하기 시작했네!”

“우리 엄마와 아빠가 다시 같이 살기로 결정했을 때 그게 엄마 아빠한테는 하나의 선택이구나.”

오브가 말했다. “두 분은 서로 함께할 운명인 것도 깨달았을 거야.”

내가 물었다. “운명? 그게 뭐야?”

아보카가 말했다. “운명은 살아가면서 꼭 해야 할 것을 뜻해.”

내가 말했다. “해야 할 일을 하지 않는 사람도 많아.”

아보카가 말했다. “그것도 운명이지.”

내가 말했다. “그렇지만 내 뜻과 상관없이 어떤 사건이 나한테 닥치기도 하잖아. 그건…….”

“그건 숙명이라고 해. 사르트르는 이렇게 생각했어. 숙명이 닥쳐왔을 때 인간은 선택을 하고 그 선택이 그 사람의 운명을 이룬다. 예를 들어 카페에서 지갑을 주웠다고 쳐. 지갑에 돈이 아주 많이 들어 있어. 너는 돈이 없어. 돈이 절실하게 필요해. 누가 지갑을 깜박하고 그냥 놓고 간 카페 테이블에 앉았다는 사실, 그게 숙명이야. 그다음엔 선택하는 순간이 오지. 지갑에서 남몰래 돈을 빼내고 카페에서 나가기로 선택했다가 경찰에 체포돼서 감옥에 갈 수도 있어. 그게 운명이야."

내가 물었다.

"그럼, 옳은 일을 한다고 치면, 카페 지배인한테 지갑을 주웠다고 얘기하고 주인을 찾아주는데 그 지갑 주인이 돈 많은 사업가이고 내가 정직하게 행동한 것에 감동해서 나한테 일자리를 주는 거지. 그러면 나는 돈을 벌어서 가족을 부양할 수 있어. 그게 운명이야?"

아보카가 말했다. "그건 아름다운 동화지!"

그 말에 우리 모두 웃었다.

코코아가 나왔다. 내가 한 모금을 마실 때 **힘든 세상**에서 목소리가 들렸다.

"오로르! 오로르!"

엄마였다. 나는 코코아를 한 모금 더 마시고, 이제 **참깨 세상**을 떠날 때가 됐다고 생각했다.

아보카가 내 생각을 읽은 듯 말했다.

"다음에 또 만나서 철학을 이야기하자. 그리고 명심할 게 있어. 곤경에 처한 사람을 돕기로 결정하는 것도 하나의 선택이라는 사실이야."

나는 아보카의 머리를 쓰다듬고 말했다.

"남은 코코아는 너한테 줄게!"

"그거 좋지! **참깨 세상**에서는 고양이가 코코아를 먹어도 건강에 이상

이 생기지 않아. 꼭 얼른 다시 돌아와서 만나면 좋겠다."

나는 오브를 껴안았다. 오브가 말했다.

"너무 힘들면 언제라도 다시 와. 난 여기서 항상 기다리고 있을게."

엄마 목소리가 높아졌다.

"오로르! 오로르! 빨리 엄마한테 와! 아주 좋은 소식이 있어!"

내가 방긋 웃으며 말했다. "지금은 힘든 일이 없는 거 같아."

그 말에 아보카가 대꾸했다. "사르트르가 말했어. 상황이 행복해 보일 때도 불행은 가까이에 도사리고 있다."

내가 말했다. "세상을 행복하게 보는 시각은 아닌 것 같네."

아보카가 말했다. "철학자는 절대 행복하지 않아. 철학자의 고양이도 행복하지 않지. 코코아를 마실 때는 예외야."

"오로르! 오로르! 언제까지 엄마가 널 부르게 만들 거니?"

나는 이제 돌아가야 한다고 말했다. 손가락으로 귀를 막고 눈을 꼭 감은 뒤에 세 번 되풀이했다.

"골칫거리 세상으로, 골칫거리 세상으로, 골칫거리 세상으로."

뽕!

순식간에 내 방으로 돌아왔고, 엄마가 아직도 나를 부르고 있었다. 나는 태블릿을 들고 주방으로 갔다. 무슨 일일까. 다이안 선생님이 엄마와 아빠와 함께 커피를 마시고 있었다. 나는 달려가서 선생님을 안았다.

내가 물었다. "무슨 일로 오셨어요?"

다이안 선생님이 말했다. "깜짝 놀랄 얘기가 있어. 집에 들르겠다고 미리 말씀드리고 왔어. 괜찮지?"

"그럼요. 정말 반갑죠. 수업하러 오셨어요?"

다이안 선생님이 우리 엄마 아빠한테 말했다. "오로르는 배우는 걸 좋아해요. 정말 대단해요."

내가 말했다. "저는 노는 것도 좋아해요." 그리고 선생님한테 물었다. "깜짝 놀랄 얘기가 뭐예요?"

아빠가 말했다. "놀랄 일이 아니라 깜짝 선물 같은 거야."

엄마가 말했다. "여보, 선생님께서 직접 말씀하시게 둬."

"아니, 나는 그저……."

엄마가 말했다. "선생님의 깜짝 선물이지. 당신이 주는 선물은 아니야."

내가 말했다. "무슨 선물이에요? 얼른 듣고 싶어요."

선생님은 환하게 미소를 지으며 말했다.

"나랑 뉴욕에 가자!"

☆

　뉴욕! 내가 여덟 살 때 엄마와 아빠가 뉴욕에 며칠 다녀온 적이 있다. 그때 언니와 나는 집에 있고, 조지안느 선생님이 우리를 돌보았다. 그때부터 나는 뉴욕이라는 환상적인 도시에 가기를 꿈꿨다. 게다가 엄마와 아빠가 뉴욕에서 돌아온 뒤에 뉴욕 이야기를 끝없이 늘어놓았다. 아주 높은 빌딩들, 정신없이 복잡한 거리, 휘황찬란한 불빛, 센트럴파크 스케이트장, 동물원, 늦은 밤까지 재즈를 연주하는 클럽들. 엄마 아빠는 유리로 만든 엠파이어스테이트 빌딩 모형을 나한테 선물했다. 나는 엠파이어스테이트 빌딩이 좋다. 한때 세상에서 제일 높은 빌딩이었고, 아빠와 같이 본 〈킹콩〉에 나오기 때문이다. 거대한 킹콩이 엠파이어스테이트 빌딩 꼭대기에서 떨어질 때는 무척 슬펐지만…….

아빠가 킹콩은 지어낸 이야기라고 했다. 킹콩 같은 이야기를 '우화'라고 부른단다. 우화는 '풍자와 교훈의 뜻을 나타내는 이야기'다. 킹콩의 교훈은, 사랑에는 여러 형태가 있고, 맹수로 보이는 거대한 고릴라도 친구가 된 여자한테는 아주 다정하다는 것이다. 영화가 개봉한 지 100년 가까이 흘렀지만, 거대한 고릴라가 그 높은 빌딩을 올라가는 장면에 아직도 사람들은 감탄한다.

그런데 이제 엠파이어스테이트 빌딩을 내 눈으로 볼 수 있다! 다이안 선생님 덕분에!

다이안 선생님은 컬럼비아 대학교에서 연설을 하게 됐다. 자폐 아동으로 자라면서 세상을 다른 시각으로 보게 된 이야기를 직접 사람들한테 들려주는 것이다. 다이안 선생님은 그 행사를 기획한 사람들한테 나도 같이 연설하면 좋겠다고 말했단다.

"네가 방에서 잠깐 '시에스타(낮잠)'를 즐기는 사이에 어머님 아버님께는 말씀드렸는데, 행사 주최 측에서는 네가 사람들 앞에서 태블릿으로 말하면 좋겠대. 그 모습을 많은 사람들이 보면 뜻깊을 거래. 네가 태블릿에 쓰는 걸 큰 화면에 띄워서 사람들이 다 읽을 수 있게 하겠대."

"그 대학교가 뉴욕에 있어요?"

"물론이지! 업타운에 있어! 컬럼비아 대학교에는 나도 한 번 가 봤어. 다비드라는 친한 친구가 거기서 공부했어."

엄마가 끼어들었다. "그 다비드가 애인이에요? 애인을 만나는 것도 뉴욕에 가는 목적이에요?"

아빠가 고개를 절레절레 흔들며 다이안 선생님한테 말했다.

"저 질문엔 대답하지 마세요."

엄마가 말했다. "우리 어린 딸이 저 멀리 뉴욕까지 가는데 같이 갈 선생님에 대해서 그 정도는 알아야지!"

선생님이 말했다. "아, 다비드는 제 애인이 아니고 친구예요. 문학 교수가 되려고 미국에 간 시인이에요. 지금은 캘리포니아에서 학생들을 가르치고 있고, 뉴욕에서 다비드를 만날 일은 없어요."

엄마가 말했다. "그럼 왜 그 남자 이야기를 꺼냈어요?"

아빠가 말했다. "컬럼비아 대학교에 가본 적 있다고 설명하다가 나온 얘기잖아."

"당신은 왜 이렇게 나한테 딱딱거려?"

"선생님이 남자를 만나려고 뉴욕에 가는 것처럼 말하니까 나도 모르게 딱딱거렸지."

선생님이 말했다. "만나는 남자는 없어요. 저는 여자를 좋아해요."

그 말에 엄마는 조금 놀란 표정이었다. 아빠는 선생님의 말뜻을 금방 알아채고, 그 말에 당황하는 엄마를 보며 놀리듯 빙긋 웃었다. 이제 내가 물어보았다.

"여자를 좋아하신다니, 무슨 뜻이에요?"

엄마가 선생님 대신 대답했다.

"내가 제대로 이해했다면, 선생님은 사랑하고 연애하는 상대가 여자라는 뜻이야. 남자를 사랑하는 남자도 있어. 예전에는 여자를 사랑하는 여자나 남자를 사랑하는 남자를 곱지 않은 시선으로 봤어. 범죄자 취급을 하기도 했어."

아빠가 말했다. "지금도 그런 한심한 나라들이 있어."

"그래도 다행히 그런 나라는 점점 사라지고 있어. 여자가 여자를 사랑한다고, 남자가 같은 남자를 사랑한다고 해서 범죄자 취급을 받는 건 아주 잘못된 일이야. 그게 중요하지."

다이안 선생님이 환하게 웃으며 말했다.

"오로르 어머님 아버님은 아주 멋진 분들이세요. 사랑하는 대상이 누구인지에 따라 사람을 차별하면 안 된다는 걸 잘 아시네요. 우리가 사는 세상은 아무도 차별받지 않고 모두가 평등해야 해요. 오로르, 오늘 새로운 단어를 배우네. '차별'과 '평등'."

다이안 선생님과 공부하면서 새롭게 발견한 즐거움이 있다. 모르는 단어가 나올 때마다 인터넷 사전을 검색하는 것이다. '차별'은 '등급이나 수준 따위의 차이를 두어서 구별함'이라는 뜻이고, '평등'은 '권리, 의무, 자격 등이 차별 없이 고르고 한결같음'이라는 뜻이다.

'평등'. 마음에 들어. 앞으로 즐겨 써야지.

선생님이 말했다. "컬럼비아 대학교에서 우리가 묵을 호텔을 마련했어요. 비행기표도 대학교에서 보내 줘요. 그리고 또, 오로르랑 저한테 각각 300달러씩 준대요. 강연하고 인터뷰하는 비용으로요."

엄마와 아빠가 눈빛을 교환했다.

아빠가 말했다. "오로르가 혹시 특별한 아이로 구경거리가 되는 게 아닐까, 그게 걱정이에요."

나는 선생님의 생각을 읽을 수 있었다. '우리한테 있는 신비한 능력은 절대 비밀로 해야지.'

선생님이 말했다. "그런 일은 없을 겁니다. 제가 보장합니다. 절대로 인형 노릇은 안 해요."

내가 말했다. "나는 인형이 좋아요!"

엄마가 끼어들었다. "나도 은행에 휴가를 내고 같이 갈 수 있을지 알아볼게." 그리고 엄마는 아빠의 팔을 쓰다듬으며 말했다. "당신도 같이 가자. 뉴욕에 못 간 지 오래됐어."

아빠가 어색하게 미소를 지었다. 나는 아빠의 생각을 읽었다.

'돈이 있으면 가겠지. 내 책이 아직 그만큼 안 팔리는 게 문제지.'

아빠가 말했다. "4박 5일인걸. 그리고 컬럼비아 대학교에서 보낸 초청장과 비행기표, 호텔 예약 문서도 이메일로 다 확인했잖아."

엄마가 말했다. "다이안 선생님을 못 믿는 게 아니라, 나는 그냥……."

선생님이 말했다. "알아요. 제가 아직 스물세 살이고, 오로르처럼 남들과 조금 다르기도 하니까……."

엄마가 말했다. "저는 그런 생각 안 해요!"

그러나 나는 그때 엄마의 생각을 읽었다. 엄마는 딱 그렇게 생각하고 있었다. 엄마가 그렇게 걱정하는 게 잘못됐다고 생각하지는 않는다.

조지안느 선생님과 다이안 선생님한테서 들었는데, 자폐증은 아주 다양하다. 혼자 외출하기 힘들고 항상 다른 사람의 도움을 받아야 하는 자폐를 안고 사는 사람도 있다. 자신한테도 가족한테도 무척 힘든 일이다. 다른 사람의 도움이 필요하지만 항상 그렇지는 않은 자폐를 안고 사는 사람도 있다. 다이안 선생님이나 나처럼 큰 도움 없이 잘 지내는 경우도 있다. 비록 내가 태블릿으로만 말하면 이상하게 보는 사람이 많지만…….

엄마는 내가 태블릿으로만 말하는 걸 걱정한다. 그리고 '언젠가 오로르가 다른 사람들처럼 입으로 말할 수 있는 날이 올 거야.' 하고 늘 생각한다. 엄마는 아빠나 내가 대부분의 사람들과 아주 다르다는 사실을 좋아한다. 그러면서도 엄마는 아빠나 내가 다른 사람들과 조금 더 비슷하기를 남몰래 바란다. 언니는 자신이 아빠나 나보다 엄마와 더 비슷한 사실을 싫어한다. 그렇지만 언니는 재능이 많다. 무엇보다 그림을 아주 잘 그린다. 거리에서 본 사람들, 언니가 아는 사람들을 아주 멋지게 그린다. 언니는 그렇게 재능이 뛰어난데도 계속 자신을 깎아내린다. 그리고 내가 언니한테 언니가 정말 특별하다고 말하면, 언니는 내 말이 그냥 사탕발림이라고 말한다.

며칠 전 방과 후에 집으로 걸어올 때 언니가 나한테 말했다. "나는 절대 화가가 될 수 없어." 나는 다이안 선생님을 그린 언니 그림이 아주 멋지다고 말했다. 다이안 선생님의 부풀린 머리를 무지개색으로 칠하고 그 안에 춤추는 서커스 동물들을 많이 그려 넣은 그림이었다. 언니는 나한테 쏘아붙였다. "너는 늘 남들한테서 특별하다는 말을 들으니까 그렇게 말하겠지."

내가 말했다. "아니, 나는 언니처럼 그림을 잘 그리지 못하는걸. 나는 사람들을 돕는 데 재능이 있어. 언니는 그림을 잘 그리는 예술가고."

정말이다. 언니의 미술 선생님도 언니한테 진짜 재능이 있다고 여러 번 말했다. 최근에는 그 선생님이 우리 엄마한테 언니를 파리에 있는 유명한 미술 학교에 보내는 게 좋겠다고 말하기도 했다. 엄마와 아빠는 언니가 파리에서 아빠와 함께 지내며 '에꼴데보자르'라는 학교에서 그

림을 배우게 하는 게 어떨지 의논하기도 했다. 그런데 언니는 자기 재능을 의심하기만 했다. 아빠한테서 들었는데, 자기의심은 예술가의 특징이란다. 그리고 학교에서 '인기 있는' 아이의 틀에 맞지 않는, 남다르고 특별한 청소년들도 자기의심에 빠지기 쉽단다.

그날 집으로 오는 길에 언니가 나한테 말했다. "나는 절대로 화가가 될 수 없어. 실패할까 두려워. 엄마처럼 은행에서 일하는 게 더 나아."

"언니, 자신감을 가져. 안 된다고 생각하지 마."

"나도 특별해지고 싶은데, 내가 너무 평범하다는 생각만 들어!"

다시, 엄마와 아빠와 다이안 선생님이 뉴욕 여행을 이야기하는 거실로 돌아와서, 엄마가 선생님한테 말했다.

"저는 선생님이 이상하다고 생각한 적 없어요."

그렇지만 나는 엄마의 생각을 읽을 수 있었다. '제발 저 이상한 헤어스타일만이라도 바꾸면 좋겠어.'

선생님이 말했다. "그렇지만 저는 이상한 사람인걸요."

아빠가 말했다. "좋게 이상한 거죠."

선생님이 말했다. "뉴욕에 있는 동안 오로르를 정말 잘 돌보겠다고 약속드려요. 그렇지만 정말 같이 뉴욕에 가시겠다면, 그것도 얼마든지 좋아요. 호텔 방도 같이 쓰면 돼요. 어머님 아버님은 침대에서 주무시고, 저는 소파에서 자면 되니까……."

아빠가 말했다. "그럴 필요 전혀 없어요."

엄마가 아빠한테 말했다. "내가 할 말을 왜 당신이 대신해?"

아빠가 말했다. "당신 생각을 읽으니까."

"아, 생각도 읽으신다?"

"아니지, 물론. 남의 생각을 읽을 수 있는 사람이 세상에 어디 있어."

다이안 선생님이 고개를 살짝 숙이고 아래만 보았다. 선생님은 웃거나 나를 보지 않으려고 애쓰고 있었다. '나는 네 비밀을 알아.' 그런 뜻일까?

아빠가 엄마한테 말했다. "작가들은 남의 생각을 짐작하는 습관이 있지."

엄마가 말했다. "뉴욕에 가고 싶지만 휴가를 일주일 쓰면 여름휴가가 줄어들어. 올해는 정말로 온 가족이 이탈리아로 휴가를 가고 싶어. 마지막으로 우리 가족이 다 같이 모여서 여름휴가를 즐길 때가……."

엄마가 말을 중간에 그쳤다. 나는 엄마의 생각을 읽을 수 있었다.

'이혼하기 전이네. 그 뒤로는 못 했지. 애들 아빠가 우리한테 돌아와서 정말 기뻐. 그렇지만 이이가 자기 생각에만 빠져 있는 걸 보면 아직도 화가 나. 이 사람이 혼자서 자기 주변을 잘 정돈하는 날이 과연 오기는 할까?'

나는 엄마 손을 잡고 말했다. "뉴욕에 가고 싶으면 같이 가. 나도 좋아."

엄마가 말했다. "우리 오로르는 정말 착해. 그래, 은행에 며칠 휴가를 낼 수 있을 거야."

이제 아빠가 엄마 손을 잡았다. "나도 뉴욕에 가고 싶어. 하지만 오로르와 다이안 선생님만 가는 게 최선이라고 생각해." 그리고 아빠는 나한테 말했다. "오로르, 너는 항상 아주 조심하겠다고 엄마 아빠한테 약속해. 넌 소중한 딸이니까."

문 너머에서 언니가 소리쳤다.

"봐! 봐! 오로르만 소중하지? 나는 아니고!"

다이안 선생님이 얼른 일어나서 문을 열었다. 언니가 문가에 웅크리고 앉아서 다 엿듣고 있었다. 물론 내 말은 못 들었다.

선생님이 언니의 어깨에 손을 얹고 말했다.

"사람들이 흔히 장애인이라고 부르는 사람들의 형제자매는 부모님의 사랑을 빼앗겼다고 생각하곤 해. 그런데 그건 그 아이가 다른 사람들보다 도움을 많이 받아야 하기 때문에 그렇게 보일 뿐이야. 나한테도 쥐스틴이라는 언니가 있어. 우리 엄마가 내 자폐 때문에 나한테 시간을 더 쓰고 나한테 가정 교사까지 붙여 줘서, 언니는 늘 나한테 화를 냈어. 언니는 생각했지. 자기도 착한 딸이고 좋은 딸인데 왜 관심은 다이안한테만 가는 거야?"

언니는 고개를 숙였다. 그리고 작은 소리로 말했다.

"나도 뉴욕에 가고 싶어."

엄마 아빠는 서로를 보았다.

그리고 아빠가 말했다. "그럼 같이 갈 수 있게 해 보자."

처음 타는 비행기! 처음 온 공항! 프랑스 밖으로 나간 게 처음은 아니었다. 엄마 아빠가 이혼하기 전에 스페인과 이탈리아로 가족 여행을 갔다. 하지만 그때는 늘 자동차를 탔다. 오늘 다이안 선생님과 퐁트네에서 지하철로 샤틀레까지 간 다음, 거기서 기차로 갈아타고 루아지까지 가면서, 나는 내내 환하게 미소를 지었다. 이제 내가 하늘을 날아간다! 여태 한 적 없는 일을 한다!

공항에는 다이안 선생님과 나, 단둘이 왔다. 아빠와 언니는 오후에 다른 비행기를 탄다. 컬럼비아 대학교에서 보낸 미국 항공사 비행기표 출발 시간은 오전 아홉 시 반이었다. 그래서 선생님은 새벽 다섯 시에 우리 아파트로 나를 데리러 왔다. 너무 이른 시간 아니냐고? 아니, 나는 너무 신나서 상관없었다. 엄마는 아주 한참 동안 나를 꼭 껴안았다. 엄마가 나를 안은 채 다이안 선생님한테 말했다.

"오로르가 나랑 떨어져 있는 건 처음이에요. 정말 정말 잘 돌봐 주세요."

선생님은 나한테서 한시도 눈을 떼지 않겠다고 엄마를 안심시켰다.

내가 말했다. "걱정 마, 엄마. 아빠와 언니도 오잖아."

엄마가 말했다. "아빠는 다른 호텔에 묵으니까……. 선생님, 정말 잘 부탁드려요. 선생님만 믿어요."

공항으로 가는 길에 다이안 선생님이 말했다. 선생님이 어릴 때 선생님 어머니도 우리 엄마와 아주 비슷했고 선생님의 장애 때문에 늘 걱정했단다.

"내가 더 어릴 때 엄마가 나를 너무 과보호해서 정말 화났어. 그런데 이제는 알아. 좋은 부모는 항상 아이를 걱정해. 우리 아버지는 내가 청소년일 때 엄마와 나를 떠났어. 나는 아버지가 떠난 게 나 때문이라고 생각했어. 내가 남다른 사람이어서 떠났다고 생각했지. 그런데 엄마가 나를 계속 안심시켰어. 아버지가 떠난 이유는 나 때문이 아니라고, 아버지 자신의 문제 때문이라고. 어쨌든 그래서 엄마는 나를 더 보호하려고 애썼는지 몰라. 엄마는 무서웠던 거야. 나한테 무슨 일이라도 생기면……."

선생님은 고개를 숙였다. 선생님이 슬퍼하고 있었다. 나는 선생님의 팔을 어루만졌다.

선생님이 말했다. "엄마도 네 특별한 능력을 알아?"

내가 말했다. "저는 특별한 능력이 없어요."

선생님은 나를 보고 빙긋 웃으며 말했다.

"좋아. 무슨 뜻인지 알았어. 더 이상 얘기하기 싫다는 거지? 그래, 비밀은 지켜야지. 그런데 나는 네 선생님이지만 너와 친구처럼 지내고 싶어. 어쨌든 아무리 친한 친구 사이에도 비밀은 있기 마련이지. 오로르한테도 친한 친구가 있지?"

"당연히 있죠. 그런데……."

선생님이 미소를 지었다.

"그래, 나도 알아. 너만 갈 수 있는 비밀 세계에 사는 친구지?"

나는 얼굴이 하얗게 질려서 말했다.

"말 못 해요."

오브와 나는 누구한테도 우리 이야기를 하지 않기로 약속했다.

"알았어. 이해해. 그런데 또 물어볼 게 있어. **참깨 세상**에 있을 때도 친구의 생각을 읽을 수 있어?"

"아뇨."

"그건 **참깨 세상**에 있으면 너도 다른 사람들과 다르지 않기 때문이지? 입으로 말할 수도 있고 다른 사람의 생각은 읽을 수 없고……."

나는 나도 모르게 대답했다. "정말로 아무 말도 하면 안 돼요."

선생님이 말했다. "알았어. 그래, 네가 옳아. 누구나 완벽하게 솔직할 순 없어. 우리가 생각하는 걸 그대로 다 말한다고 상상해 봐. 사람들이 계속 싸우기만 할걸. 생각하는 걸 그대로 말하면 다른 사람한테 상처를 주게 돼. 말한 사람도 상처를 받아. 그러니까 오로르한테 있는 특별한 능력에는 커다란 책임이 따라."

공항에 도착했다. 사람이 정말 많았다. 늘어선 줄도 정말 많았다. 우리 가방을 확인하는 여자는 선생님과 나한테 뒤쪽 자리를 주겠다고 말하면서, 뒤쪽이지만 오늘 비행기에 승객이 적은 편이어서 선생님과 나 사이에 자리를 하나 비우고 여유롭게 갈 수 있다고 했다.

검색대 앞에서 순서를 기다릴 때 선생님이 말했다. "뒷자리는 공간이 넓지 않은데……."

내가 말했다. "괜찮아요. 저는 몸이 아주 작아요. 맨 뒤에 타는 게 무슨 문제겠어요. 제가 태어나서 처음으로 비행기를 탄다는 사실이 중요하죠!"

검색대에는 줄이 길었다. 한참을 기다렸다가 마침내 검색대 앞에 왔다. 금속으로 된 소지품은 모두 꺼내 플라스틱 통에 담아야 하고, 그 플라스틱 통은 엑스선 검사기를 통과한다. 검색대 앞에 오기 전에 다이안 선생님은 태블릿도 잠시 플라스틱 통에 넣어야 한다고 말했다. 태블릿을 손에서 놓아야 한다니, 절대로 있을 수 없는 일이다! 태블릿이 없으면 말을 할 수 없으니까.

무시무시한 기계 앞에 왔을 때 선생님이 말했다. "잠깐이면 돼."

"태블릿은 절대로 못 내놔요!"

"태블릿처럼 금속으로 만든 물건은 엑스선 검사를 받아야 해. 검색대를 통과하지 못하면 비행기 못 타."

"우리 언니가 그러는데, 엑스선을 쬐면 태블릿이 망가진대요! 태블릿이 망가지면 뉴욕에 못 가요! 태블릿이 없으면 나는 말도 못해요!"

이제 검색대에 우리 차례가 왔다. 제복을 입은 여자 검색 요원이 태블릿을 플라스틱 통에 넣으라고 손짓했다. 나는 태블릿을 꽉 껴안았다.

검색 요원이 말했다. "통에 넣어요."

나는 고개를 가로젓고 태블릿에 적었다. "저는 태블릿이 없으면 말을 못해요."

검색 요원이 전혀 친절하지 않은 말투로 말했다. "말은 안 해도 돼요. 지금 당장 그 통에 태블릿을 넣기만 하면 돼요."

내가 고개를 마구 흔들자, 검색 요원은 눈을 부릅떴다.

검색 요원이 동료 남자 요원한테 떽떽거렸다. "경찰 불러." 그 동료는 머리에 터번을 둘렀고, 훨씬 친절해 보였다.

남자 검색 요원이 말했다. "태블릿을 내놓지 않으려는 이유를 물어봐야 하지 않을까요?"

여자 검색 요원이 소리쳤다. "당장 경찰 불러! 그냥 규칙을 따르기 싫어서 저러는 거야."

남자 검색 요원이 말했다. "못 내놓는 사정이 있을지도 모르……."

여자 검색 요원이 큰소리로 되받아쳤다. "명령이야! 해!"

다이안 선생님은 몹시 화가 난 표정으로 말했다.

"말 못하는 사람을 이렇게 대하나요? 태블릿을 써야 대화할 수 있는 사람을……."

여자 검색 요원이 말했다. "규칙은 규칙이에요."

그때 경관 두 명이 도착했다. 한 명은 다이안 선생님 또래로 보이고, 다른 한 명은 나이가 더 많았다.

나이 많은 경관이 말했다. "무슨 일이죠?"

여자 검색 요원이 말했다. "이 여자애가 검색대에 태블릿을 안 내놔요."

경관이 나를 쏘아보며 물었다. "사실인가요?"

나는 대답을 태블릿에 써서 높이 들었다.

"저는 사람들이 흔히 말하는 '장애인'이에요. 저는 그 단어를 싫어하지만……. 저는 태어날 때부터 입으로 말을 할 수 없어요. 이 태블릿을 써야 대화할 수 있어요. 그러니까 태블릿을 제 손에서 떼어 놓으면……."

나이 많은 경관의 얼굴이 점점 더 찌푸려졌다.

젊은 경관이 여자 검색 요원한테 물었다.

"방금 우리가 들은 설명을 애초에 들었습니까, 못 들었습니까?"

여자 검색 요원은 갑자기 몹시 겁먹어서 말했다.

"말을 못한다는 얘기는 없었어요!"

다이안 선생님은 더 화난 얼굴이었다.

"사실이 아니에요! 거짓말하지 마세요! 공항에서는 남다른 사람들을 이렇게 대하나요?"

젊은 경관이 내 옆에 앉아 내 이름을 물었다. 나는 이름을 말하고, 여권을 내보였다. 경관이 부드럽게 말했다.

"만나서 반가워, 오로르. 내 이름은 클로드야. 여기 다른 경관님 이름은 앙드레야. 태블릿에 그렇게 빨리 글을 쓰다니 대단하네."

"이걸로 말을 해야 하니까 빨리 써요. 그러니까 태블릿이 제 손에 없으면⋯⋯."

여자 검색 요원이 소리쳤다. "나는 규칙을 따르게 하려던 것뿐이에요!"

앙드레 경관이 멈추라고 손을 들었다. 그리고 여자 검색 요원 쪽으로 몸을 굽히며 명찰을 노려보았다.

"자, 배지 번호 467SSPRH 주느비에브 요원, 이제 큰일이군요. 잘못된 판단을 내리고 규칙을 강요했어요. 이런 경우에는 장애인을 배려하는 게 더 우선인 걸 요원도 잘 알고 있지 않나요?"

내가 말했다. "장애가 아니에요! 그냥 입이 아니라 태블릿으로 말할 뿐이에요!"

클로드 경관이 앙드레 경관한테 뭐라 귓속말했다. 나는 클로드 경관의 생각을 읽을 수 있었다. '공항 근무에서 벗어나 형사가 되고 싶어.' 클로드 경관은 나를 보고 빙긋 웃으며 말했다.

"내가 제안을 하나 할까? 오로르는 기계를 통과해서 지나가고, 그 사이에 나는 태블릿이 무사히 스캐너를 통과하는지 지켜볼게. 어때?"

"우리 언니가 그러는데 태블릿이 스캐너를 지나가면 망가진대요!"

클로드 경관이 손을 내밀었다.

"오로르한테 태블릿이 얼마나 중요한지 나도 잘 알아. 그렇지만 나를 믿고……."

나는 잠시 망설였다. 다이안 선생님이 내 어깨에 손을 얹었다. 나는 선생님의 생각을 읽었다. '내가 잘못했네. 오로르한테 미리 설명했어야 하는데……. 제발 오로르가 부모님한테 이 사건을 말하지 않으면 좋겠어.'

나는 태블릿을 클로드 경관한테 건넸다.

클로드 경관이 말했다. "아주 잠깐이면 돼. 알았지?"

나는 태블릿이 없어서 말할 수 없으니 고개만 끄덕였다.

클로드 경관이 플라스틱 통에 태블릿만 담았다. 플라스틱 통은 벨트를 타고 앞으로 움직였다. 태블릿이 스캐너 안으로 들어가서 보이지 않자 나는 안절부절못했다. 나는 안절부절못한 적이 없는데! 클로드 경관은 주느비에브 요원이 서 있는 곳으로 가서 옆으로 비키라고 손짓했다. 내 태블릿을 실은 플라스틱 통이 기계 안에서 멈춰 서고, 클로드 경관은 화면을 뚫어져라 보았다. 태블릿이 그 자리에 계속 멈춰 있고, 나는 그 시간이 너무도 길게만 느껴졌다. 태블릿이 뭐 잘못됐나? 엑스선으로 보니 나쁜 게 보이나?

　그러다가 갑자기 벨트가 움직이는 소리가 났다. 모니터 앞에 있던 클로드 경관이 벨트 끝으로 갔다. 잠시 후, 내 태블릿이 벨트 끝 쪽에 뿅 하고 나타났다! 클로드 경관이 환하게 웃으며 태블릿을 집었다. 나도 환하게 웃었다. 이제 다이안 선생님이 내 등을 살짝 밀었다. 나는 검색 기계를 지나가야 했다. 언니한테 들었는데, 나쁜 사람이 검색 기계를 지나가면 소리가 아주 크게 울린다고 한다. 나는 나쁜 사람이 아니다. 그렇지만 여자 검색 요원이 나한테 화낸 것을 생각할 때, 만약 검색 기계가 나를 나쁜 사람으로 판단하고 '나쁜 아이다! 나쁜 아이다!' 하는 소리를 크게 울리면 훨씬 더 심한 일이 벌어질지 모르는데…….

　나는 숨을 깊게 쉬고 기계를 지나가며 속으로 숫자를 셌다. 다섯, 넷, 셋, 둘…….

　숫자가 '하나'에 오기도 전에 기계 너머로 왔다. 아무 소리도 울리지 않았다. 나는 나쁜 사람이 아니니까!

　클로드 경관이 앞으로 오라고 손짓했다. 그리고 태블릿을 나한테 건네며 말했다. "아주 잘했어."

　나는 꺼져 있는 태블릿 화면을 손가락으로 톡 쳤다. 화면이 환해지면서 '오로르, 안녕! 말하자!' 하는 글자가 나타났다. 나는 기뻐하며 클로드 경관한테 들려줄 말을 적었다.

　"고맙습니다."

　다이안 선생님도 검색 기계를 통과해 내 옆에 왔다.

　"보안 검색대에 대해 미리 더 자세히 설명했어야 하는데 미안해."

나는 검색 기계를 무사히 통과했다.

나는 선생님의 손을 잡았다.

"괜찮아요! 그리고 클로드 경관 아저씨 덕분에 오늘 새로운 걸 배웠어요. 전에 어떤 고양이한테서도 들은 거예요. '우리는 일어나지 않을 일을 두려워하곤 한다.'"

선생님이 웃었다. "고양이가 한 말은 아니야. 몽테뉴라는 철학자가 한 말이지!"

내가 말했다. "아, 몽테뉴의 고양이예요. 제가 만난 고양이가 그 몽테뉴 고양이한테서 들었대요. 제가 만난 고양이 이름은 아보카예요."

이번에는 클로드 경관이 웃었다. "오로르, 너는 정말 특별하구나. 뉴욕까지 비행기도 잘 타고 가!"

"비행기는 처음 타 봐요!"

"즐겁게 여행해!"

★

공항에는 식당도 많고 상점도 많았다. 사람들이 바쁘게 움직였다. 나는 빨리 비행기를 타고 싶었다! 이륙 시간까지 아직 한 시간이 남았다. 다이안 선생님은 우선 카페에서 코코아를 마시자고 했다.

내가 말했다. "비행기를 놓치면 어떡해요? 코코아를 사서 탑승구 옆에서 마시면 안 될까요?"

선생님이 말했다. "그래도 되지."

우리는 코코아를 사서 탑승구 바로 옆에 있는 의자에 앉았다.

코코아를 마시며 선생님이 물었다. "전에도 그런 일을 겪은 적 있니?"

"두려워했던 거요?"

선생님이 고개를 끄덕였다.

"아뇨, 처음이에요."

"이제 겪어 봤으니 좋은 일이네."

"두려움이 좋은 거예요?"

"내가 오로르 나이였을 때야. 카린이라는 선생님이 있었어. 아주 엄격한 분이었어. 카린 선생님은 나한테 혼자서 길을 건너라고 했어. 전에 해본 적 없는 일이었지."

"열한 살이었는데 혼자 길을 건넌 적이 없었어요?"

"밖에 나갈 때는 늘 어른이 옆에 있었어. 나는 넓은 곳에 가면 손을 잡고 있을 사람이 필요했어. 그리고 우리 집 밖이면 어디든 나한테는 넓은 곳이었고. 그런데 카린 선생님은 나한테 새로운 일을 계속 시켰어. 나는 《어린 왕자》 같은 책을 읽으면 내가 좋아하는 대목을 계속 되풀이했어. 예를 들어 '어른들은 모두 한때 어린이였다. 그러나 그걸 기억하는 사람은 거의 없다.' 같은 대목을 대여섯 번씩 연속으로 말했어. '어른들은 모두 한때 어린이였다. 그러나 그걸 기억하는 사람은 거의 없다.' '어른들은 모두 한때 어린이였다. 그러나 그걸 기억하는 사람은 거의 없다.' '어른들은 모두 한때 어린이였다. 그러나 그걸 기억하는 사람은 거의 없다.'……"

"힘들었겠어요."

"나는 전혀 안 힘들었어. 내 주위 사람들은 모두 힘들었지!"

스피커에서 안내 방송이 나왔다. 우리가 탈 비행기의 탑승 수속을 시작한다는 안내였다.

나는 선생님한테 말했다. "그 얘기는 비행기에서 마저 들려주실래요?"

"탑승 수속하면서 들어도 되잖아?"

"안 돼요. 중요한 이야기니까요. 중요한 이야기는 앉아서 들어야 해요."

비행기 입구에서 제복을 입은 여자와 남자가 우리 탑승권을 확인하고 뒤쪽 42열로 가라고 했다. 앞쪽에 푹신해 보이는 커다란 의자들이 있고, 그다음에는 그보다 작은 좌석들이 줄지어 놓여 있었다. 그리고 양쪽에는 작은 창문들이 있었다. 천장은 낮았다. 제복을 입은 사람들이 더 있었고, 모두 미소를 짓고 있었다. 비행기란 날개 달린 아주 넓은 금속 튜브 같았다. 이걸 타고 하늘로 날아간다니!

비행기 앞쪽에는 푹신해 보이는 커다란 의자들이 있고,
그다음에는 그보다 작은 좌석들이 줄지어 놓여 있었다.

우리 자리는 정말로 마지막 줄에 있었다. 좁았지만, 나는 몸이 작고 다이안 선생님도 그리 크지 않다. 다이안 선생님은 나를 복도 쪽 좌석에 앉혔다. 그래야 무슨 일이 벌어지는지 다 볼 수 있단다. 앞에 스크린이 있었다. 손가락을 대자, 영화와 텔레비전 프로그램이 쭉 나왔다. 화면 속 또다른 버튼을 누르자 파리에서 뉴욕으로 가는 길이 나왔다. 영국을 지나고 대서양을 지나 그린란드 옆을 지나간다! 그린란드는 눈과 얼음과 순록의 땅처럼 보인다! 그리고 비행은 7시간 48분이 걸린다고 나오고, 또⋯⋯.

"안전벨트를 착용하십시오!"

스피커에서 울리는 소리였다. 제복을 입은 아주 친절한 남자가 다가와 자기 이름은 그레구아르이며 비행하는 동안 우리를 담당한다고 말했다. 그레구아르는 좌석 등받이를 똑바로 세우고 태블릿은 선반에 넣어야 한다고 말했다.

내가 말했다. "저는 태블릿 없이는 말을 못해요!"

그레구아르는 '정말인가요?' 하고 묻는 표정으로 다이안 선생님을 보았다. 선생님이 고개를 끄덕였다. 그레구아르가 미소를 지으며 나한테 말했다.

"알았어요. 이륙하는 동안에는 무릎 위에 가만히 올려놓고 사용하지 마세요. 금방 다시 오겠습니다."

그레구아르가 주방 같은 곳에 가서 물건을 꺼냈다. 작은 상자였다. 리본도 달렸다! 그레구아르가 상자를 건네며 말했다.

"상자 안에는 '첫 비행'이라고 적힌 배지가 있어요. 증명서도 있으니 뉴욕에 도착해서 서명하고 날짜를 적으세요. 친구들한테 선물할 비행기 모양의 초콜릿들도 들어 있어요."

내가 말했다. "정말 멋져요. 고맙습니다!"

통로 너머에서 나보다 어린 남자아이의 목소리가 들렸다.

"나도 그거 줘!"

아이의 아버지가 틀림없을 남자가 옆에서 말했다. "'주세요.' 하고 존댓말을 써야지."

그레구아르가 그 아이한테 말했다. "비행기 타는 게 처음인가요?"

"네."

그 옆에는 조금 더 나이가 많은 남자아이가 있었다. 형인가? 두 아이 다 악어 그림이 있는 하늘색 셔츠를 입었다. 형제의 아버지는 우리 아버지 또래 같지만 머리숱은 훨씬 적었다. 형제의 아버지는 짙은 남색 재킷과 짙은 남색 셔츠를 입었다. 그 셔츠에도 악어가 있었다! 이 가족은 악어를 정말 좋아한다! 두 아이 중 형은 핸드폰을, 동생은 내 것과 비슷한 태블릿을 들고 있었다.

형이 그레구아르한테 말했다.

"거짓말이에요. 이번이 다섯 번째로 타는 비행기예요!"

동생은 몹시 분하고 슬픈 표정으로 말했다.

"아니에요. 처음 타는 거예요, 쟤처럼!"

형이 말했다. "거짓말! 거짓말!"

형제의 아버지가 말했다. "이제 그만해!"

동생이 말했다. "형은 늘 이래. 아빠가 형한테 말해야 하는 거 아니야? 나한테 잘하라고. 그런데 한 번도 그런 적 없어!"

형제의 아버지가 말했다. "나는 공정해. 편들지 않아."

형이 말했다. "아니, 아빠는 맨날 나한테만 뭐라고 해. 엄마가 그러는데 아빠랑 헤어진 이유가……."

형제의 아버지가 말했다. "그만!"

그레구아르가 손가락을 들어 세 사람의 주목을 끈 뒤에 말했다. "비행기 모양의 초콜릿을 드릴게요."

동생이 나를 가리키며 말했다. "쟤가 받은 거랑 다르잖아요."

그때 안내 방송이 나왔다. 이제 이륙하려고 비행기가 움직이기 시작한다고 했다.

그레구아르는 세 사람한테 말했다. "휴대폰은 치우고 태블릿은 위쪽 선반에 넣으세요. 태블릿을 저한테 주시면 제가 선반에 넣겠습니다."

동생이 나를 흘겨보며 말했다. "쟤는 태블릿을 그냥 가지고 있는걸요!"

그레구아르가 말했다. "저 승객은 태블릿이 특별히 필요한 분이에요."

형제의 아버지가 말했다. "태블릿이 특별히 필요할 일이 뭐가 있죠?" 그레구아르를 의심하는 말투였다.

나는 태블릿에 할 말을 적어서 높이 쳐들었다.

"태블릿 없으면 말을 못해요!"

형제의 아버지가 그레구아르한테 물었다. "저게 사실인가요?"

다이안 선생님이 형제의 아버지한테 말했다. "지금 우리를 의심하세요?" 금방이라도 화를 낼 듯한 말투였다. 그레구아르는 '그 얘기는 이제 그만하시는 게 좋겠습니다.' 하고 말하는 듯한 표정을 지었다. 형제의 아버지도 알아들었다. 비행기가 빙 돌면서 움직이기 시작했다. 그레구아르가 손을 내밀자, 동생은 태블릿을 건넸다. 그레구아르는 태블릿을 위쪽 선반에 넣고, 형과 아버지는 휴대폰을 옆으로 치워 놓았다. 나는 그 가족한테 미소를 지어 보였다. 그 가족은 미소를 짓지 않았다.

다이안 선생님이 말했다. "신경 쓰지 마. 저런 사람들은 아무 일에나 꼬투리를 잡아서 불평해. 이유는 단순해. 자기들이 화목하지 않아서 그래. 불행한 사람들은 화풀이할 곳이 필요하기 때문에 자기들이 아닌 다른 사람들을 공격하기 마련이야."

안내 방송이 또 나왔다. "이제 비행기가 이륙합니다."

내가 선생님한테 말했다. "간다!"

활주로에서 움직이던 비행기가 멈춰 섰다. 꼼짝도 안 하고 가만히 서 있었다. 그러다가…… 비행기 양쪽에서 엄청나게 커다란 소리가 들렸다. 엔진들이 정말로 울부짖었다! 그러더니 아주 긴 콘크리트 활주로를 내달렸다. 아주아주 빨랐다! 활주로에서 튕겨 나갈 것 같았다! 그리고…… 뿅!

비행기가 날아올랐다. 날아간다! 하늘 높이 솟아오른다! 갑자기 땅이 아주 멀리 보였다. 그리고 또 뿅! 파리 시내가 저 아래에 있었다. 센강이다! 에펠탑이다! **참깨 세상**에서 오브와 함께 간 공원들도 다 보였다. 구름을 뚫고 더 높이, 더 높이 올라갔다. 아래에 있는 세상은 구름에 가려 보이지 않았다. 이제 비행기는 위가 아니라 앞으로 날아가기 시작했다. 아름다운 구름 카펫 위를 날고 있었다!

나는 선생님한테 말했다. "와! 굉장해요! 첫 이륙이라니. 이제 영화를 볼 수 있어요."

비행기가 날아올랐다. 하늘 높이 솟아올랐다!

파리 시내가 저 아래에 있었다.

선생님이 말했다. "영화도 보지만, 가는 동안 책도 읽어야 해. 알았지?"

다이안 선생님은 아주 다정하지만, 조지안느 선생님처럼 역시 언제나 선생님이다. 태블릿이 아닌 종이로 된 책을 하루에 적어도 한 시간은 읽으라고 숙제를 낸다. 그리고 내가 숙제를 잘하고 있는지 항상 확인한다. 다이안 선생님은 책을 아주 좋아한다. 그것도 종이로 된 책을! 퐁트네에 있는 선생님의 작은 아파트에는 책이 가득하다고 했다. "나는 책을 모으는 게 취미야. 중고책을 파는 서점에 가면 돈을 많이 쓰지 않고도 책을 살 수 있어. 무엇보다, 책은 제일 좋은 친구가 될 수 있어."

"무슨 뜻인지 더 자세히 듣고 싶어요."

"외로울 때는 책이 친구가 되지. 책을 읽으면 몸은 방에 있어도 다른 장소, 다른 나라, 다른 세상으로 여행할 수 있어. 고민이 있거나 슬플 때 책을 읽으면 '나는 혼자가 아니야.' 하고 느낄 수 있어."

다이안 선생님 덕분에 나는 이제 일주일에 한 권씩 책을 읽는다. 지난해에 아빠가 파리에서 도서관 카드를 만들어 주었다. 엄마는 퐁트네 도서관에서 카드를 만들어 주었다. 엄마와 아빠는 책 읽기를 좋아한다. 하지만 엄마는 책 읽을 시간이 없다고 불평한다. 아빠가 다시 우리랑 같이 살기 전, 엄마는 혼자 집안일까지 맡아야 했다. 은행에서 퇴근하면, 저녁 식사를 만들고 언니와 나의 숙제를 도와주고 나한테 동화책을 읽어 주었다. 언니와 대화하고 언니를 기쁘게 하려고 애쓰기도 했다. 엄마는 그런 뒤에 텔레비전 앞에 앉아서 은행 사람들이 모두 이야기하는 텔레비전 드라마를 한 시간 동안 보았다.

아빠가 돌아온 뒤로 엄마와 아빠는 밤에 같이 텔레비전 드라마를 보앉다. 아빠는 파리에 있는 영화관이나 공연장이나 재즈 클럽에 더 자주 가야 한다고 불평한다. 아빠는 내가 읽어야 할 책을 정하기도 한다. 나는 아빠가 말한 책을 꼭 도서관에 가서 빌려와 읽는데, 아빠는 그 점도 좋아한다.

아빠가 며칠 전에 무섭고 재밌는 책을 알려 줬다. 아빠처럼 작가인 아빠 친구한테 열 살짜리 아들이 있는데 그 아들이 읽는 책이란다. 플로리앙 데니송이라는 작가가 쓴 《기묘한 이웃(Un voisin étrange)》이라는 책인데, 아홉 살짜리 주인공 소년이 무시무시한 집에 들어가게 되는 이야기다. 나도 무서운 집에서 모험을 한 적 있다. 나와 같은 반인 아나이스가 못된 친척이랑 살고 있는 집에서 벌어진 사건을 내가 오브와 함께 해결했다. 그래서 이 《기묘한 이웃》이라는 책을 읽기도 전부터 기대됐다. 그래도 나흘 동안 침대 머리맡에 두고 다른 책들을 읽었다. 《기묘한 이웃》은 아껴두고 뉴욕에 가는 비행기에서 읽어야 하니까!

그래서 이륙하자마자 그 책을 읽기 시작했다. 정말 시작부터 재밌다. 책에서 눈을 뗄 수 없었다. 이야기가 아주 빨리 진행되고 나는 점점 더 빠져들었다. 그레구아르가 주스와 물을 가져왔다. 점심도! 점심을 먹으려고 책을 내려놓았다. 다 먹은 뒤에 다시 읽기 시작했다. 가끔 앞에 달린 스크린에서 지도를 확인했다. 창밖을 보기도 했다. 아직 하얀 카펫 같은 구름이 깔려 있었다. 뉴욕까지 다섯 시간이나 더 남았는데 갑자기 무척 피곤했다. 다이안 선생님은 내 옆에서 책을 읽고 있다가 내가 졸린 것을 알아챘다. 선생님은 좌석 등받이를 뒤로 젖히라고 말하고, 그레구아르한테 베개와 담요를 달라고 부탁했다.

내가 말했다. "자느라 첫 비행에서 놓치는 게 있으면 어떡해요."

"이제 볼 만한 건 좌석에 붙은 조그만 스크린으로 보는 영화랑 앞에 있는 사람들뿐이야. 그런데 앞에 있는 사람들도 긴 비행이 지루해서 잠을 잘 거야. 비행기에서 잠을 자 두면 좋은 점도 있어. 뉴욕에 도착했을 때 덜 피곤한 거야. 아, 좋은 소식이 또 있다. 비행기를 타는 시간이 여덟 시간 가까이 되지만, 우리가 뉴욕에 도착하면 여섯 시간 앞으로 가 있어."

"와, 멋져요! 그렇지만 시간을 되돌리는 사람은 누구예요? 산타클로스?"

선생님이 내 말에 웃은 뒤 대답했다.

"시간이 앞으로 돌아가는 건 '시간대'가 다르기 때문이야."

선생님은 지도를 가리키며 설명했다. 둥근 지구가 돌아가고 있으니 지구 위에 어떤 곳이 낮일 때 어떤 곳은 밤이다. 그래서 멀리 있는 나라로 여행할 때는 시간이 바뀌게 된다.

"우리가 뉴욕에 도착하면, 파리는 저녁 6시 30분이야. 저녁을 먹을 시간이지. 그렇지만 뉴욕은 낮 12시 30분이야. 점심을 먹을 시간이지. 뉴욕에 도착하면 오후 시간을 다 쓸 수 있어. 오로르 아빠와 언니는 우리보다 다섯 시간 늦게 뉴욕에 도착하니까 우리는 그 다섯 시간을 둘이서 재밌게 보내고 아빠랑 같이 뉴욕에서 저녁을 먹을 수 있어! 자, 그러니까 지금은 낮잠을 자자!"

나는 비행기 좌석에 몸을 둥글게 말고 담요를 덮었다. 눈을 감았다. 다이안 선생님은 조지안느 선생님보다 시키는 게 많다. 그렇지만 뭘 시킬 때는 항상 이유를 분명히 말한다. 이번에 배운 것은 이것이다. '뉴욕

나는 잠을 자고 또 잤다.

에 가면 여섯 시간을 돌려받으니 지금은 잠을 자자!'

그래서 나는 잠을 잤다. 자고 또 잤다. 20분 뒤면 뉴욕에 도착한다는 안내 방송이 들렸다. 갑자기 눈이 번쩍 뜨였다. 다이안 선생님도 자고 있다가 퍼뜩 깼다. 우리는 화장실에 다녀왔다. 그레구아르가 이제 빨리 준비해야 한다고 말한 뒤, 선생님한테 커피를, 나한테는 코코아를 주었다. 창밖에는 넓은 해변이 보이고, 다닥다닥 붙은 집들이 보였다. 안전 벨트를 맸다. 비행기가 아래로 내려갔다. 물 위를 낮게 날아갔다. 물에 빠질 것 같았다! 설마 그럴 리가. 기장이 비행기를 바다에 빠트릴 리 없어. 내 생각이 맞았다. 비행기는 활주로에 왔다. 아래로 아래로 내려가

다가 바퀴가 땅에 닿았다. 멀리 깜짝 놀랄 광경이 보였다. 뉴욕의 높은 빌딩들이다!

　내가 말했다. "높은 성들이 쭉 이어진 것 같아요."

　"저기에 가 보면 정말 굉장해."

　"내가 뉴욕에 오다니, 꿈만 같아요!"

뉴욕

그리고 이어지는 말을 더 쓰려고 할 때 태블릿에서 삐 소리가 났다. 활주로에 도착하자마자 문자 메시지가 왔다. 태블릿 화면을 눌러 문자 메시지를 확인했다. 아빠의 메시지였다. 아빠의 메시지는 선생님의 휴대폰에도 와 있었다.

　공항에 왔는데 우리 비행기가 취소됐어. 12시부터 파업인데 내일까지 계속한대. 그러니까 이틀 뒤에나 출발할 수 있어. 다시 연락하자. 일이 이렇게 돼서 너무 아쉽지만, 달리 어쩔 도리가 없네.

　나는 아빠의 문자 메시지를 읽으며 무척 당황했다. 오늘 아빠와 언니가 못 온다니. 다이안 선생님을 보았다. 선생님도 휴대폰을 보며 같은 내용의 문자 메시지를 확인하고 있었다. 선생님은 실망한 내 표정을 본 뒤, 별일 아니라는 듯 눈을 찡긋하고 웃으며 말했다.
　"뉴욕에 온 걸 환영합니다!"

아주 넓은 곳에서 경찰이 사람들의 여권을 확인하고 있었다. 커다란 미국 국기가 곳곳에 있었다. 미국 국기도 프랑스 국기처럼 세 가지 색이다! 입국 절차를 설명하는 안내판도 사방에 있었다. 경찰이 사람들 여권을 확인하는 부스 위에는 몸집이 아주 큰 남자의 사진이 아주 커다랗게 걸려 있었다. 아무나 다 비난하면서 자기 자신은 쓴소리를 조금도 못 참는, 아주 엄격한 얼굴이다.

나는 사진을 가리키며 선생님한테 물었다. "누구예요?"

"트럼프야. 미국 대통령."

"우리 언니가 보는 슈퍼 영웅 영화에 나오는 악당같이 생겼어요."

선생님이 킥킥거린 뒤에 나직이 말했다. "그 얘기는 경관한테 하지 말자! 미국에 들어보내지 않을지 몰라!"

"다음!"

부스 안에서 경관이 말했다. 우리 차례였다. 우리는 경관 앞에 섰다. 파란색 제복을 입은 경관은 턱이 아주 튼튼하게 생겼고, 얼굴이 땀에 젖어 있었다. 경관은 인상을 쓰면서 우리를 내려다보았다.

"여권……."

다이안 선생님이 우리 여권을 건넸다.

"프랑스에서 오셨군요?"

선생님과 내가 고개를 끄덕였다.

"미국에는 무슨 용무로 오셨나요?"

"대학교에서 연설을 해요."

경관은 못 믿겠다는 표정으로 말했다. "정말요? 두 사람 다?"

선생님과 나는 또 고개를 끄덕였다.

경관이 물었다. "연설 내용은 뭐죠?"

선생님이 말했다. "우리가 겪고 있는 자폐증 이야기예요."

그 말에 경관의 표정이 굳었다.

경관이 물었다. "같이 온 사람은 있어요?"

선생님이 말했다. "우리 둘만 왔어요."

"그래도 괜찮아요?"

선생님이 말했다. "아무 문제 없어요."

"연설하고 돈도 받나요?"

"아뇨. 그러면 미국에 돈을 받고 일하러 온 게 되죠. 그건 불법이죠?"

경관이 나를 보며 말했다. "언니가 똑 부러지게 똑똑하네."

내가 물었다. "똑 부러져요?"

경관이 말했다. "아주 똑똑하다는 말이야. 그런데 왜 태블릿에 써서 말하니?"

"저는 태블릿으로만 말할 수 있어요."

"아, 그 자폐증 때문에 그러니?"

"맞아요. 그리고 이분은 제 언니가 아니에요. 제 선생님이에요."

"저는 태블릿으로만 말할 수 있어요."

"태블릿을 왜 그렇게 내 앞에 들고 있니?"

"제 태블릿이 아저씨 말을 프랑스어로 바꿔 주니까요!"

뉴욕으로 출발하기 전에 아빠가 내 태블릿에 설치한 앱은 정말 멋지다. 사람들 말을 프랑스어로 번역해서 나한테 보여 준다. 내가 프랑스어로 쓴 것도 영어로 바꿔 준다. 그러니까 나는 영어를 몰라도 뉴욕에 있는 사람 누구와도 대화할 수 있다. 내 태블릿은 말하는 기능도 있다. 프랑스어로 옮긴 말을 태블릿이 음성으로 들려주는 것이다. 아빠는 작은 무선 이어폰도 줬다. 귀에 이어폰을 꽂고 있으면, 프랑스어로 바뀐 말이 내 귀에 곧장 들린다!

경관이 물었다. "뉴욕에는 며칠 있을 예정인가요?"

선생님이 말했다. "나흘이에요."

경관이 우리 여권을 스캐너에 올리고 화면을 본 뒤 내 여권 안쪽에 스탬프를 쾅 찍고, 선생님의 여권에도 찍었다.

경관이 여권을 돌려주며 말했다.

"어린 친구를 잘 돌보시기 바랍니다. 저 친구가 틀림없이 혼자 알아서 잘하겠지만."

경관 아저씨가 그렇게 말하면서 나한테 미소를 보냈어!

가방이 나오는 '수하물 수취대' 옆에서 가방을 기다리는 동안 내가 선생님한테 말했다. "영어를 잘하시네요!"

"전에 말했지만, 대학교를 졸업하고 여기 뉴욕에서 1년 동안 살았어."

"뭘 하면서요?"

"미국인 여자를 만나 사랑에 빠졌어. 그 사람이 여기 뉴욕에서 공부를 하고 있었어. 나는 그 사람과 같이 있고 싶었어. 1년짜리 비자를 얻어 뉴욕에 왔어. 바에서 일하면서 소설을 쓰려고 애썼어. 소설은 뜻대로 써지지 않았어. 아홉 달 뒤에 그 사람이 이제 나와 같이 있기 싫다고 했어."

"슬픈 일이네요." 나는 선생님 어깨에 손을 얹었다. 선생님의 몸이 딱딱하게 굳어 있었다. 선생님이 몸을 뺐다.

"사는 게 다 그렇지. 어쨌든 고마워."

"그분은 아직 뉴욕에 살고 있어요?"

선생님이 고개를 끄덕였다.

"무슨 일을 해요?"

선생님은 내 시선을 피해 바닥만 내려다보았다. "컬럼비아 대학교에서 학생들을 가르쳐."

땡!

태블릿에 메시지가 왔다. 아빠였다.

안녕, 오로르. 먼저 보낸 메시지는 잘 받았지? 아주 답답한 일이네. 항공사 직원들의 요구가 받아들여지지 않아서 결국 급작스럽게 파업이 결정됐대. 다른 항공사 비행기로 바꿔보려 했는데, 내가 산 티켓은 그 항공사에서만 쓸 수 있대. 좋은 소식은 항공사에서 사과하는 뜻으로 이틀치 호텔 비용을 부담하겠대. 나쁜 소식도 있어. 사흘 뒤에나 뉴욕에 갈 수 있다는 거야. 너무 실망하지 않으면 좋겠다. 다이안 선생님한테는 내가 곧 전화한다고 전하렴. 일단 너한테 먼저 메시지를 보내서 내가 얼른 가지 못

해 안타깝다고 말하고 싶었어. 너무 슬퍼하지 않기를 바란다!

나는 아빠한테 답신을 보냈다.

아빠와 언니가 지금 못 온다니 슬퍼요. 그렇지만 다이안 선생님이 뉴욕을 잘 아니까 우리는 잘 지낼 거예요. 엄마한테도 잘 도착했다고 메시지 보낼게요.

아빠한테서 답신이 왔다.

엄마는 지금 많이 걱정하고 있어. 이따가 나랑 같이 다이안 선생님한테 전화할 거야. 아마 엄마도 너한테 곧 문자 메시지를 보낼 거야.

내가 답신했다.

엄마랑 연락할게요.

가방이 나왔다. 우리는 가방을 끌고 또 경찰이 있는 곳으로 갔다. 경관이 다이안 선생님을 세우고 가방에 담배나 술이 있는지 물었다.

선생님이 말했다. "담배나 술은 안 합니다." 그리고 나를 가리키며 덧붙였다. "이 친구도 안 하고요."

경관이 얼굴을 찌푸리고 다이안 선생님한테 화를 내려 했다. 나는 얼른 태블릿에 적었다.

"이분은 제 선생님이고, 농담을 좋아해요. 선생님이 방금 한 말도 그냥 웃기려고 한 거예요. 어쨌든 제가 술을 마시지 않고 담배를 싫어하는 건 사실이에요."

그러자 경관은 무척 당황해서 고개를 흔들며 말했다.

"음, 그것 참 마음이 놓이는 얘기네. 두 사람 다, 여기서 얼른 나가요!"

화난 말투는 아니었다. 오히려 즐거워하는 말투였다. 그리고 아주 큰 목소리였다. 우리 여권을 확인한 경관의 목소리처럼. 또⋯⋯.

"거기 숙녀분들⋯⋯ 네, 두 분⋯⋯ 프랑스 사람 맞죠?"

우리 앞에 남자가 서 있었다. 키는 그다지 크지 않고 배가 아주 많이 나왔다. 머리에 쓴 모자 앞에는 NY라고 뉴욕의 이니셜이 커다랗게 박혀 있었다. 영화에서 비행기 조종사가 쓰는 것 같은 선글라스를 쓰고, 입에는 이쑤시개를 물고 있었다.

선생님이 물었다. "우리 기사신가요?"

남자가 말했다. "맞아요, 자기. 나는 샬이라고 해요."

"저는 다이안이에요. 얘는 오로르고요. 그리고 저를 '자기'라고 부르지 마세요."

"자기야, 미안. 그냥 친해지려고 던진 말이에요. 우습게 봐서 그런 건 아니에요."

선생님이 말했다. "알았습니다." 여전히 조금 화난 목소리였다.

내가 태블릿을 들고 말했다.

"저는 아저씨 말투가 좋아요! 아주 뉴욕 느낌이에요!"

살 아저씨가 활짝 웃었다.

"오로르, 너는 말하는 방법이 멋지네. 뉴욕은 처음이야?"

나는 고개를 끄덕였다.

"그럼 볼 만한 곳을 다 안내할게. 나도 딸이 둘 있어. 마지와 메리. 열네 살이고 열한 살이야."

"저랑 제 언니가 딱 그래요."

삐!

문자 메시지가 왔다. 엄마였다.

내가 말했다. "이것 좀 읽어야 해요."

"자동차를 가져올게. 아가씨들은 밖에서 잠깐 기다릴 수 있지?"

다이안 선생님이 말했다. "우리를 '아가씨들'이라고 부르지 않는다면요."

내가 말했다. "그냥 아저씨 말투가 그런 것뿐이에요."

살 아저씨가 말했다. "오로르 말이 맞아!"

삐.

선생님이 나한테 말했다. "엄마 문자 확인해." 그리고 살 아저씨한테 말했다. "네, 우리 아가씨들은 밖에서 기다릴게요."

우리는 가방을 끌면서 밖으로 나갔다. 나가자마자…… 이런! 소음과 열기가 온몸을 확 덮쳤다. 이런 열기는 처음이었다. 그냥 더운 게 아니었다. 뜨거운 수증기가 사방에 가득한 것처럼 무더웠다. 공항 앞에는 자동차와 택시가 경적을 마구 울리고 사람들은 고함을 치듯 목청껏 떠들었다. 내 마음에 쏙 드는 풍경이다!

삐. 삐. 또 엄마였다.

오로르, 그 크고 복잡한 곳에 너랑 다이안 선생님만 있다니 엄마는 정말 걱정된다. 아빠와 에밀리가 갈 때까지 호텔에 가만히 있어.

갈 곳도 많고 볼 것도 많은 뉴욕에서 이틀 동안 호텔 방에만 있으라고? 말도 안 돼!

나는 엄마한테 답신을 보냈다.

엄마, 다이안 선생님은 뉴욕에서 1년 동안 산 적 있대요. 걱정 마세요! 항상 조심할게요!

문자 메시지를 보내자마자 살 아저씨가 커다란 검은색 차를 몰고 우리 앞에 섰다.

"숙녀분들 가방은 내가 옮겨야지." 살 아저씨가 트렁크에 우리 가방을 넣었다.

선생님이 또 얼굴을 찌푸렸다. 그때 선생님의 휴대폰이 울렸다. 선생님이 휴대폰 화면을 보았다. "어머님 전화네. 지금 받는 게 좋겠어."

살 아저씨가 자동차 뒷문을 열며 말했다. "통화해요. 다른 일은 이 살이 다 해결할게요."

내가 아저씨한테 물었다. "아저씨 옆에 타도 돼요?"

"그럼 네 언니가……."

내가 말했다. "언니 아니고 선생님이에요."

"아, 그렇구나. 어쩐지 자매 같지는 않더라. 어쨌든 선생님한테 먼저 물어보는 게 좋겠지?"

나는 선생님한테 말했다. "선생님이 통화하는 동안 저는 아저씨랑 얘기하고 싶은데, 아저씨 옆에 앉아도 될까요?"

"기사 아저씨는 운전해야 하는데 네가 태블릿에 쓴 말을 어떻게 읽어."

살 아저씨가 말했다. "오로르가 백미러 앞으로 태블릿을 내밀고 있으면 돼요."

선생님이 말했다. "그건 위험해요." 그리고 뒷자리에 올라타서 전화기 통화 버튼을 눌렀다.

살 아저씨가 나한테 말했다. "뉴욕에는 이런 말이 있어. '시청이랑 싸워도 소용없다.' 무슨 뜻인가 하면, 선생님한테 따지지 말라는 거야. 자, 앞으로 이틀 동안 이야기할 기회는 얼마든지 있어."

그래서 나는 선생님 옆에 앉았다. 살 아저씨는 문을 닫고 차를 빙 돌아 운전석에 앉았다. 살 아저씨가 시동을 건 뒤 깜빡이를 켜고 도로로 들어서려 할 때, 노란색 택시가 스치듯 아주 빠르게 휙 지나갔다. 살 아저씨가 급정거를 하고 창 너머로 소리쳤다.

"입장 바꿔 생각해 봐! 여기 귀한 손님이 있어!"

선생님은 차가 갑자기 멈춰 서자 깜짝 놀라 살짝 비명을 질렀다. 전화기에서 엄마가 걱정하는 소리가 내 귀까지 들렸다.

"무슨 일이에요? 무슨 일이에요?"

"아무 일도 아니에요."

"그런데 왜 남자가 고함쳐요?"

"여기는 뉴욕이니까요." 선생님은 사실을 숨기고 있어서 불편한 표정이었다. 그렇지만 선생님은 지금 사실을 말하면 우리 엄마가 더 걱정할 것을 잘 알고 있었다. 엄마는 이미 걱정에 휩싸여 있으니까!

엄마의 말소리가 들렸다. "이러니까 뉴욕을 돌아다니면 안 돼요. 위험해요."

"어머님, 걱정하지 마세요. 저는 뉴욕을 아주 잘 알아요. 위험한 일은 꼭 피할게요."

"아니, 잘 피해도 닥치는 게 위험이에요."

이제 자동차는 도로에 잘 들어서서 달리고 있었다. 엄마와 선생님은 통화를 계속했다. 살 아저씨가 나한테 물었다.

"지금은 차가 안 막힐 시간이야. 오르르는 아주 느긋하네. '빅 애플'에 처음 온 것 같지 않아!"

나는 살 아저씨한테 물어보고 싶었지만 아무 말도 할 수 없었다. 그래서 태블릿의 말하기 기능을 쓰기로 마음먹었다. 내가 말하는 게 아니라 태블릿으로 말하는 것이라서 지금까지는 되도록 쓰지 않으려 했다. 하지만 지금은 어쩔 수 없이 써야 했다. 입력한 문장을 태블릿 음성으로 말하는 앱을 켰다. 내가 하고 싶은 말을 태블릿에 프랑스어로 적으면, 태블릿은 그 프랑스어를 영어로 바꾼 뒤 음성으로 들려준다!

내 태블릿 속 목소리가 물었다. "빅 애플이 뭐예요?"

살 아저씨가 말했다. "어? 말을 하네!"

나는 태블릿 목소리로 말했다. "이건 제가 아니라 태블릿 목소리예요."

아저씨가 웃으며 말했다. "그런데 프랑스 사람이면서 영어로 말하네!"

"뉴욕에 있으니까요!"

옆에서 선생님이 엄마한테 "잠깐만 끊지 말고 기다리세요." 하고 말한 뒤 휴대폰의 '음 소거' 버튼을 누르고 나한테 말했다.

"왜 말하기 기능을 써?"

나는 말하기 기능을 끄고 프랑스어로 곧장 표시되게 바꾼 뒤 태블릿을 선생님한테 내보였다.

"그래야 아저씨가 운전하면서 저와 대화할 수 있으니까요."

"태블릿 목소리는 쓰면 안 돼! 어색해. 네 목소리도 아니고."

"저도 알아요. 그렇지만 아저씨가 운전하고 있어서 대화하려면 어쩔 수 없어요."

선생님이 엄한 표정으로 나를 보았다. 나는 선생님의 생각을 읽었다.

'오로르는 내가 너무 명령만 내린다고 생각하겠지. 내가 이럴 때마다 오로르는 조지안느 선생님을 그리워하겠지. 그렇지만 오로르가 이제는 한 단계 더 올라서야 해. 아, 지금도 오로르가 내 생각을 읽고 있겠지.'

나도 '내가 지금 선생님의 생각을 읽는 걸 틀림없이 선생님도 읽고 있겠지.' 하고 생각했다.

나는 선생님한테 말했다. "아저씨랑 태블릿 목소리로 대화하고 싶어요."

"그래. 그렇지만 이번 한 번만이야."

그리고 선생님은 휴대폰을 누르고 다시 엄마와 통화했다.

살 아저씨가 말했다. "정리 좀 해보자. 그러니까 두 사람은 프랑스어로 말하지만, 오로르는 태블릿으로만 말할 수 있고, 오로르가 나한테 말할 때는 영어로 말을 한다는 거지?"

나는 태블릿에 프랑스어를 영어로 바꾸는 앱이 있다고 설명하고, 그

다음으로 태블릿에서 목소리를 골라…….

"네 목소리랑 비슷한 목소리로?"

"저는 말을 못하니까 목소리가 없어요."

"그럼, 한 번만 더 확인할게. 태블릿으로는 말할 수 있지만, 입으로는 말할 수 없다는 뜻이지?"

"맞아요."

나는 살 아저씨의 생각을 읽었다.

'이제 좀 이해가 되네. 그렇지만 저 애한테 더 물어보지 않아야지. 너무 호들갑을 떠는 모습을 보이면 안 돼. 그리고 너무 동정하는 태도도 보이면 안 돼. 그런 건 쟤가 싫어할 거야. 오로르한테는 저게 정상이야. 그리고 나도 그런 저 아이가 마음에 들어.'

살 아저씨는 끝내준다! 이어서 살이 나한테 들려준 말은 더 끝내줬다!

"오로르가 말하는 방식이 다른 사람들과 다르더라도 오로르한테는 오로르만 낼 수 있는 목소리가 확실히 있어. 그리고 우리는 틀림없이 좋은 친구가 될 거야!"

"저도 그렇게 생각해요! 아저씨 딸들도 만날 수 있을까요?"

"물론이지. 그런데 당장은 힘들어. 애들 엄마랑 작년에 이혼해서……애들은 필라델피아에서 엄마랑 살아."

"필라델피아가 어디예요?"

"뉴욕에서 자동차로 두 시간 거리에 있는 도시야. 나는 2주일에 한 번 주말에 딸들을 만나."

"안타깝네요. 딸들이 무척 보고 싶겠어요."

"늘 보고 싶지."

"저도 2주에 한 번씩 주말에만 아빠를 만났어요. 그러다가 엄마 아빠가 다시 서로 사랑하게 돼서 아빠가 우리 집으로 들어왔어요!"

내 말에 아저씨의 표정이 더 슬퍼졌다.

"나한테는 어림없는 일이네. 애들 엄마가 다른 남자를 만났어. 그래서 그 사람이랑 필라델피아로 이사했고."

"아저씨한테도 좋은 사람이 나타날 거예요!"

살 아저씨가 얼굴을 찌푸렸다. 나는 살 아저씨의 생각을 읽었다.

'이 아이 앞에서 울면 나는 정말로 상처를 받은 것처럼 보이겠지. 그렇지만 나는 정말 상처를 받은걸.'

살 아저씨가 무슨 말을 꺼내기 전에 다이안 선생님이 엄마와 통화를 마무리하는 소리가 들렸다.

"네, 어머님. …… 네, 밤 아홉 시 전에는 꼭 오로르를 재우겠습니다. ……
네, 해가 진 뒤에는 지하철을 절대로 타지 않을게요. …… 네, 제가 말하
지 않아도 오로르가 알아서 먼저 어머님께 문자 메시지를 보내긴 하지
만, 어쨌든 저도 말할게요, 자주 문자 메시지를 보내라고. 네, 네. ……
네, 또 통화하겠습니다, 어머님."

선생님은 통화를 마치고 나한테 말했다.

"너를 일찍 재우라고 하시네. 그렇지만 여기는 뉴욕이야. 사람들이 뉴욕을 뭐라고 부르는지 알아? '절대 잠들지 않는 도시'야."

"뉴욕에서는 아무도 잠을 안 자요?"

선생님이 웃었다.

"잠을 안 자는 사람은 없지. 뉴욕 사람도 마찬가지고. 절대 잠들지 않는 도시라는 말은 뉴욕이 밤새 깨어 있다는 뜻이야. 새벽 네 시에도 문을 연 카페나 식당이 있어. 한밤중에도 영화를 보러 갈 수 있어. 해가 뜰 때까지 재즈 연주를 감상할 수도 있어."

아빠가 아주 좋아하겠다. 엄마는 아빠한테 늦게까지 밖에 있으면 안 된다고 하겠지.

내가 물었다. "그럼, 오늘 늦게까지 밖에서 놀고 내일 늦잠 자도 돼요?"

선생님이 말했다. "그래도 되지. 그렇지만 너무 늦게 일어나면 안 돼. 뉴욕에서 보내는 날이 나흘뿐이잖아. 잠은 퐁트네에서 실컷 자면 돼."

내가 말했다. "저는 퐁트네가 좋아요."

선생님이 말했다. "나도 좋아. 그래도 거긴…… 졸려!"

살 아저씨가 소리쳤다. "아가씨들! 아, 미안, 미안, 숙녀분들…… 아니, 미안, 미안, 다이안 씨, 오로르! 앞을 보세요."

선생님과 나는 아저씨의 말대로 앞을 보았다. 눈앞의 광경에…… 나는 한마디밖에 말할 수 없었다. 그리고 아저씨가 들을 수 있게 태블릿 목소리로 말했다.

"와!"

자동차는 다리 위에 있었다. 파리 센강에 있는 다리들처럼 작은 다리가 아니었다. 하늘 높이 솟은 다리였다. 크고 넓었다. 다리 위에는 자동차도 아주 많았다. 다리 저쪽에는 여태껏 본 적 없는 아주 높은 빌딩들이 모여 있었다. 그 빌딩들은 가까이 다가갈수록 점점 더 커 보였다. 빌딩들이 우리를 삼킬 것 같았다. 무섭지는 않았다. 감탄스러웠다. 무지무지 크고 아름다운 곳이다!

살 아저씨가 말했다. "일주일에 네 번은 이 다리를 건너서 시내로 가는데 아직도 이 빌딩들을 볼 때마다 소름이 돋아."

나는 태블릿 목소리로 살 아저씨한테 말했다. "언젠가 저도 여기 살 거예요!"

아저씨가 말했다. "오로르는 지금도 여기 살고 있지! 앞으로 나흘 동안은!"

살 아저씨는 많은 것을 알려 주었다. 뉴욕은 다섯 '자치구'로 나뉘어 있다. 배를 타고 가야 하는 스태튼아일랜드, 다리와 터널로 연결된 브루클린과 퀸스, 북쪽의 브롱크스가 있다. 살 아저씨는 퀸스에 산다. 높은 빌딩들, 극장들, 센트럴파크와 컬럼비아 대학교가 있는 곳은 바로, 맨해튼이다!

그리고 맨해튼은 정말 정신없는 곳이었다.

갑자기 살 아저씨가 차창 밖을 향해 소리쳤다.

"야, 이 멍청이야! 똑바로 보고 다녀!"

아저씨가 소리친 쪽을 보니, 횡단보도에서 빨간불인데도 길을 건너려고 발을 내디디는 남자가 있었다. 남자는 키가 크고 말랐으며, 오토바이 재킷을 입고 검은 선글라스를 꼈다. 얼굴에 뱀 모양의 문신도 있었다! 뱀 문신 남자는 고개를 돌리지도 않고 소리쳤다.

"야! 넌 멍청한 멍청이야!"

살 아저씨가 또 소리쳤다. "그 면상에 있는 뱀이 참 예쁘네. 감방에서 동료가 새겨 줬냐?"

뱀 문신 남자가 소리쳤다. "아니. 네 누나가 해 줬어!"

살 아저씨가 웃으며 말했다. "하!"

그리고 자동차는 브로드웨이라는 넓은 길로 달려갔다.

살 아저씨가 말했다. "이 정신 나간 도시가 정말 좋아."

내가 태블릿 목소리로 말했다. "그렇지만 두 분이 서로 싸우는 듯 소리치셨어요."

"여긴 뉴욕이야! 고함을 안 치는 사람이 없어."

선생님이 말했다. "자동차를 운전하는 사람은 특히 더 그러죠."

살 아저씨가 말했다. "그건 뉴욕 사람들이 운전을 멍청이처럼 하니까 그러지."

선생님이 혼잣말처럼 말했다. "아저씨처럼요."

아저씨가 아주 크게 말했다. "다 들려요! 저기, 나를 멍청이라고 생각하는 건 괜찮아요. 그렇지만 내 친구 오로르가 나를 어떻게 생각하겠어요?"

내가 태블릿 목소리로 말했다. "저는 아저씨가 멍청이라고 생각하지 않아요!"

"오로르가 똑똑하고 다정한 아가씨니까 그러지. 아, 미안! 아가씨가 아니라 숙녀분!"

선생님이 말했다. "저는 똑똑하거나 다정하지 않다고 생각하신다는 뜻이에요?"

"아, 아주 똑똑하다고 생각해요."

선생님이 말했다. "그냥 조용히 운전이나 하세요!"

살 아저씨가 나한테 물었다. "항상 저렇게 명령조니?"

선생님이 아저씨한테 말했다. "길이나 똑바로 보세요!"

아저씨가 말했다. "알겠습니다!" 그리고 아저씨는 나를 보며 싱긋 웃었다.

브로드웨이를 지나갈 때 아저씨가 설명했다. 맨해튼에서는 세로로 이어진 길을 '스트리트'라고 부른다. 스트리트에는 1에서 181까지 숫자가 매겨져 있다. 가로로 이어지는 길들도 있다. 우리는 79스트리트를 지나 브로드웨이를 타고 북쪽으로 향했다.

아저씨가 말했다. "이제 업타운으로 가고 있어. 다운타운은 남쪽 지역을 뜻하지. 그리니치빌리지랑 월스트리트, 배터리파크시티를 다운타운이라고 해."

내가 말했다. "저는 어딘지 모르겠어요. 그렇지만 그 얘기들은 다 엄청 재밌어요. 그럼 여기는 어디예요?"

선생님이 말했다. "어퍼웨스트사이드야. 이제 컬럼비아 대학교로 가고 있어."

아저씨가 말했다. "꼬마 숙녀분이 지리를 잘 아네!"

선생님이 말했다. "저는 꼬마가 아니에요!"

살 아저씨가 말했다. "나도 알아요! 젊은 여성이시죠, 유머 감각은 전혀 없는."

주위 사람들이 말싸움을 시작하면, 신경을 끄고 다른 데 정신을 집중하는 게 제일 좋다. 그래서 나는 브로드웨이를 뚫어져라 보았다. 상점들이 다 신기했다. 하지만 대부분이 드럭스토어나 은행이었다. 사이

사이에 있는 작은 공원들도 보기 좋았다. 공원에는 앉아서 세상 구경을 할 수 있는 벤치들이 있었다. 그런데 사람들이 잠을 자고 있는 벤치가 많다! 파리와 비슷했다! 그 사람들은 집도 없고 침대도 없나 보다. 그런 생각을 하니 슬펐다. 사람들과 산책하는 개들은 사랑스러웠다. 책이나 헌옷을 파는 노점들도 사랑스러웠다. 끝없이 이어지는 자동차 경적 소리도 사랑스러웠다. 96스트리트 지하철역에서 우르르 나오는 사람들도 사랑스러웠다. 스트리트들이 숫자로 정리돼서 알기 쉬운 것도 사랑스러웠다. 다이안 선생님은 살 아저씨와 말싸움을 멈춘 뒤, 우리가 머물 호텔이 브로드웨이와 웨스트 112스트리트 모퉁이에 있다고 나한테 말했다. 이름은 '메트로폴' 호텔이라고 했다. 컬럼비아 대학교 바로 옆에 있고, 우리를 초청한 대학교 사람들이 그 호텔을 잡아 주었단다.

내가 말했다. "호텔! 저는 호텔이 좋아요!"

내가 여섯 살 때부터 아홉 살 때까지 우리 가족은 해마다 툴롱 근처에 있는 호텔에 묵었다. 아빠가 찾아낸 곳으로, 조그맣고 예쁜 호텔이었다. 호텔에 수영장도 있고, 두 블록만 가면 해변이 나왔다. 나는 아주 재밌는 곳이라고 생각했지만, 엄마는 형편없이 낡은 호텔이라고 늘 불평했다! 엄마와 아빠가 이혼한 뒤로 그곳에 가지 못했다. 아빠가 다시 우리와 함께 살기 시작했을 때 엄마는 아빠한테 말했다.

"휴가 때 그 끔찍한 호텔에 다시 가지만 않으면 우리는 행복하게 지낼 수 있어!"

나는 툴롱의 호텔을 생각하다가 다이안 선생님한테 말했다.

사람들과 산책하는 개들이 사랑스러웠다.

"호텔에 체크인한 다음에는 뭘 할 계획이에요?"

"이 행사를 기획한 사람을 만나서 인사해야 해. 호텔로 우리를 만나러 올 거야. 그다음에…… 네가 낮잠을 자고 싶으면……."

"잠은 비행기에서 실컷 잤어요. 나가서 구경하고 싶어요!"

"나도 좋아. 네가 피곤하지 않은지 확인해 봤어."

"우리가 만날 분은 이름이 뭐예요?"

내 질문에 선생님이 생각했다. '오로르한테 사실대로 말해야 할까?'

그리고 선생님이 말했다.

"오로르, 너한테는 솔직히 말할게. 호텔에 인사하러 오는 사람……우리를 초청한 사람은 사실, 내 전 애인이야."

"아직 이름은 말씀 안 하셨어요."

"이름은 일레인이야. 내가 뉴욕에 온 목적이 전 애인을 만나는 거라고 생각할지도 모르겠구나."

"선생님이 왜 여기까지 오기로 했는지 그 이유는 저랑 상관없어요. 어쨌든 지금 우리는 뉴욕에 있어요! 그래서 저는 아주 행복해요! 그게 중요해요! 일레인한테 감사해요!"

자동차가 속도를 늦췄다. 그리고 회색 벽돌 건물 앞에 섰다. 외관은 지저분하고 빨간 차양은 군데군데 찢어져 있었다.

'오테 메트로포.'

나는 처음 간판을 보고 무슨 뜻인지 몰랐다. 그러다가 문득 깨달았다. 간판이 망가져서 글자가 제대로 보이지 않는 것이었다. '호텔 메트로폴'이었다.

"지금 우리는 뉴욕에 있어요! 그게 중요해요!"

살 아저씨가 말했다. "누가 이 호텔을 잡았어요? 여기 완전 엉망인데!"

선생님이 말했다. "틀림없이 괜찮은 곳이에요!"

아저씨가 정문 앞에서 브레이크를 걸고, 명함 두 장을 꺼내 선생님과 나한테 한 장씩 건넸다.

"명함에 내 전화번호와 이메일 주소가 있어요. 언제라도 연락해요."

선생님이 말했다. "다시 만날 일이 있을지 모르겠네요."

선생님은 창밖을 바라보았다. 일레인이 마중 나와 있기를 바라는 게 틀림없었다. 그러나 아무도 없자 실망했다.

나는 태블릿 목소리로 살 아저씨한테 말했다. "저는 다시 만나고 싶어요! 아저씨 딸들도 정말 만나고 싶어요."

"우리 딸들도 널 만나면 아주 좋아할 거야. 다이안 씨도요."

선생님이 차에서 내리며 말했다. "우리 일정이 빠듯해서 시간이 날지 모르겠네요."

선생님은 나한테 아저씨를 도와 가방을 내리라고 말한 뒤 호텔 로비로 갔다.

아저씨가 어깨를 으쓱하고 말했다. "잘 가르치는 선생님이긴 하겠다."

"아주 좋은 선생님이에요. 그렇지만 무척 엄격할 때가 있어요. 특히 자기 자신한테 엄격해요."

아저씨는 차에서 내린 뒤 나를 위해 차 문을 열어 주며 말했다. "저런 타입은 나도 잘 알지. 우리 누나가 저래. 우리 누나 이름은 에스텔인데, 에스텔에 비하면 네 선생님은 산타클로스만큼 너그러워."

호텔 정문에서 선생님이 나왔다. 선생님 뺨에 눈물이 흘렀다. 손에는 편지봉투와 편지가 있었다. 편지에는 몇 줄만 적혀 있었다.

내가 물었다. "일레인은 어디 있어요?"

선생님이 말했다. "그 얘기는 나중에 해." 그리고 살 아저씨를 보며 말했다. "여기까지 데려다주셔서 고맙습니다. 제가 까다롭게 구는 것도 잘 참아 주셔서 고맙습니다."

살 아저씨는 우리 아빠가 언니를 달랠 때처럼 팔을 뻗어 선생님 어깨에 손을 올리려다가 멈칫하며 생각했다. '다이안이 오해할지도 몰라. 게다가 다이안은 지금 울음을 애써 참고 있어.'

살 아저씨가 손을 얹어 위로하는 대신 말했다.

"무슨 일인지 모르지만 잘되기를 빌어요. 내일 경기 보러 갈래요?"

내가 물었다. "경기요?"

"야구 경기! 미국은 야구의 나라야. 내가 사는 곳 바로 옆에서 뉴욕 메츠가 경기를 해. 스타디움에서 일하는 친구가 있어서 들어갈 수 있어. 같이 경기 보러 가요! 우리 꼬마들도 만날 수 있어. 아, 내 딸들은 '꼬마'라고 불러도 되죠?"

선생님이 말했다. "내일 스케줄을 확인해 볼게요."

내가 말했다. "야구 경기 보고 싶어요. 아저씨 딸들도 만나고 싶어요!"

선생님이 목멘 소리로 말했다. "갈 수 있게 해 보자." 그리고 내 소매를 끌며 가야 한다고 말했다.

살 아저씨가 말했다. "내일 만나, 오로르. 내가 여기로 데리러 올게."

나는 태블릿 목소리로 말했다. "고맙습니다. 정말 친절하세요."

"그럼. 나는 진짜 좋은 사람이야! 그리고 친구를 사귀는 것도 좋아해.

프랑스 친구도!"

호텔에 체크인하러 가는 동안 선생님이 말했다.

"저렇게 좋은 아저씨한테 내가 너무 떽떽거렸어. 난 정말 멍청이야."

"그냥 오늘 운수가 나쁜 거예요. 아마, 선생님이 나쁜 소식을 들었기 때문이겠죠."

선생님이 물었다. "또 내 마음을 읽고 있니?"

나는 선생님 팔을 잡았다.

"무슨 일이에요?"

"일레인이 나를 못 만나겠대. 자기 새 애인이 나를 못 만나게 한대."

"그래서 일레인은 그 사람 뜻대로 한대요?"

"일레인은 항상 그 사람 뜻대로 해!"

프런트에 있는 호텔 직원은 머리를 길게 기르고 새까만 선글라스를 꼈다. 음식 얼룩이 군데군데 묻은 셔츠를 입고 넥타이를 맸다. 명찰에 적힌 이름은 '제이슨'이었다. 제이슨은 방금 잠에서 깬 듯한 목소리로 말했다.

"아, 저기, 음, 저기, 메트로폴 호텔에 오신 거 환영합니다. 처음 오셨나요?"

선생님이 말했다. "맞아요. 좋은 방으로 예약돼 있나요?"

제이슨이 말했다. "좋은 방이요?" 그리고 또 한 번 되풀이했다. "좋은 방이요???"

제이슨은 정말로 이상하게 웃은 뒤에 말했다.

"메트로폴 호텔에 '좋은' 방이란 건 없어요. 좋은 방을 원하면 여기서 자면 안 돼요. 넝마 같은 방을 원하는 사람이 자는 곳이죠."

메트로폴 호텔에 '좋은' 방이란 없다.

선생님이 말했다. "우리가 정한 게 아니라 누가 잡아 줬어요."

"음, 누가 잡아 줬는지 몰라도 '펑키'한 호텔 맛을 제대로 보라고 작정했네요."

방으로 올라가는 엘리베이터는 아주 좁았다. 고양이 냄새가 났다. 거울은 금이 가고 낙서가 아주 많았다.

엘리베이터가 덜컹거리며 6층에 멈출 때 나는 선생님한테 물었다. "넝마가 무슨 뜻이에요?"

"넝마는 낡고 해어져서 입지 못하게 된 옷이나 이불 같은 걸 뜻하는 말이야. 이 호텔이 지저분하고 낡았다는 뜻이지. 그렇지만 넝마 패션이라는 것도 있어. 멋지다는 뜻도 되지."

"제가 보기에는 멋지다는 뜻으로 쓴 거 같아요."

엘리베이터에서 내려 복도를 걸어갔다. 알전구 두 개가 천장에 매달려 있었다. 닫힌 문들 사이로 소리가 들렸다. 커다란 랩 소리가 나는 방도 있고, 프런트에 있던 제이슨보다 더 크게 웃는 여자 웃음소리가 들리는 방도 있었다. 시를 소리치며 읽는 남자 목소리도 들렸다. 영어라서 알아들을 수는 없었지만, 그래도 멋진 말이었다! 우리 방은 666호실이었다. 선생님은 666호에 다가가며 고개를 절레절레 흔들었다. 방 번호가 적힌 플라스틱 판에 열쇠가 달려 있었다. 문은 누가 구둣발로 걷어찬 듯 찌그러져 있었다. 선생님이 열쇠를 문손잡이에 넣고 돌리자 문손잡이가 그대로 빠질 것 같았다. 소름 끼치게 끼익 소리를 내며 문이 열렸다.

아주 좁은 방이었다. 싱글 침대 두 개에는 꽃무늬 침대보가 깔려 있었다. 침대보는 비닐 같았다. 벽지도 꽃무늬인데, 색이 다 바랬고, 벽에서

뜯어진 곳도 있었다. 골목으로 난 창문이 하나 있었다. 창문에 친 블라인드는 찢어졌고, 창문은 너무 더러워 밖이 보이지 않았다. 서랍장 하나, 두 침대 사이에 작은 탁자 하나, 의자 하나가 있었다. 가구는 모두 새로 칠해야 할 상태였다. 천장에 달린 조명은 파리 13구에 있는 중국 음식점에서 본 것 같았다. 아빠가 데려가던 음식점으로, 엄마는 그곳이 너무 구식이고 너무 시대에 뒤떨어졌다고 늘 불평했다. 욕실 문을 열었다. 아주 조그만 세면대와 샤워실이 있었다. 수챗구멍 주위는 시꺼멓고, 타일은 다 깨져 있었다. 다시 침실로 돌아오자, 선생님이 손바닥에 얼굴을 묻고 침대에 걸터앉아 있었다.

선생님은 혼잣말처럼 말했다. "왜 우리한테 이러지?"

내가 말했다. "여기 정말 넝마 같아요!"

"나한테 벌을 주나 봐."

"일레인 얘기예요?"

선생님이 고개를 끄덕인 뒤 말했다.

"일레인이 말하기로는 아주 멋진 호텔이라고 했어. 그렇지만 살 아저씨 말이 맞았어. 완전 엉망이야. 일레인이 나한테 이러는 거 같아. '나는 널 존중할 마음이 전혀 없어. 혹시라도 우리가 다시 잘되지 않을까 기대한다면……'"

"그렇지만 우리를 초청한 사람이 일레인이잖아요."

"그래. 그렇지만 그건 네 덕분이야. 내가 너에 대해서 다 얘기했고, 네가 얼마나 놀라운 아이인지 말했기 때문이야."

"그렇지만 선생님도 사람들 앞에서 연설하시잖아요."

선생님이 고개를 가로저었다.

"편지에 그 얘기도 있어. 컬럼비아 대학교 교수들이 네 이야기를 다 들은 뒤에, 네가 태블릿으로 대화하고 신비한 능력이 있다는 걸 알고 너만 연설하게 하겠대."

"신비한 능력요? 저는 선생님한테 그 얘기를 한 적이 없어요!"

내 신비한 능력은 조지안느 선생님과 퐁트네 경찰서의 형사들만 알고 있는 비밀이었다. 아빠와 언니도 곧 뉴욕에 도착해서 내 연설을 들을 텐데, 사람들이 나한테 마음을 읽는 능력에 대해 물어보면…….

선생님이 무척 흥분하며 말했다. "나도 알아, 나도 알아! 그렇지만 일레인은 내가 너를 데려오기만 하면……."

선생님은 말을 흐렸다. 그렇지만 나는 선생님의 마음을 정확히 읽을 수 있었다. '이제 오로르도 다 알게 되겠지. 내가 자기를 여기 데려온 이유를……. 오로르가 있어야 뉴욕까지 내 돈을 들이지 않고 올 수 있고, 그러면 일레인을 만나서 다시 잘될지도 모르고……. 그런데 이제 일레인은 오로르만 행사에 오기를 바란다고, 나를 볼 일은 없기 바란다고 하네.'

선생님은 핏기 없는 얼굴로 나를 보았다.

"너를 이렇게 이용했으니 이제 나를 아주 나쁜 사람이라고 생각하겠지."

내가 말했다. "저는 다른 생각을 하고 있었어요. 제 신비한 능력에 대해서는 앞으로 절대 묻지 마세요. 그리고 앞으로 저를 만나서 인터뷰할 사람들한테도 그 얘기는 절대 꺼내지 말라고 얘기하세요."

"그래, 알았어. 그리고 정말 미안해."

"이제 그 이야기는 그만하고 이 방에서 나가요. 뉴욕 거리를 걸어요!"

★

　뉴욕 지하철역은 지상에서 깊이 내려가지 않는다. 아주 덥고 아주 지저분했다. 그래도 나는 좋았다. 다양한 사람들이 있었기 때문이다. 색소폰으로 슬픈 음악을 연주하며 사람들이 돈을 놓고 가기를 기다리는 남자. 정장을 입고 휴대폰으로 '내가 바보도 아니고 당신이 천치도 아니야. 그러니까 현명하게 풀어 보자고.' 하고 통화하는 여자. 꽃무늬 치마와 동그란 안경을 쓴 여자와 염소수염을 기르고 우리 할아버지가 쓰던 것 같은 예스러운 모자를 쓴 남자가 벤치에 나란히 앉아서 서로 대화하지 않고 핸드폰만 보고 있기도 했다. 열차는 요란한 소리를 내며 은색 총알처럼 역으로 들어왔다. 열차 안에는 에어컨 바람이 세게 나왔다. 거리와 지하철역에서 더위에 시달린 뒤라 시원한 에어컨 바람이 좋았다. 그렇지만 선생님은 감기에 걸릴까 봐 걱정했다.

뉴욕 지하철은 아주 덥고 지저분했지만, 다양한 사람들이 있어서 나는 좋았다.

내가 태블릿으로 선생님과 얘기하고 있을 때, 맞은편에 앉은 아주머니가 나한테 말했다.

"참 귀엽네!"

나는 아주머니한테 미소를 지었다.

아주머니는 조지안느 선생님이 자주 입던 것 같은 낙낙한 아프리카 스타일 원피스를 입고 두건을 썼다. 아주머니가 말했다. "그걸로 내 운세 좀 봐 줘."

나는 태블릿 목소리로 말했다. "제 태블릿은 운세를 알려 주지 않아요."

아주머니가 말했다. "그렇지만 그 태블릿은 말을 하는걸! 다른 것들이랑 다르지? 얘, 너 마술사니?"

사실 나한테는 마술 같은 능력이 있고, 아주머니의 생각을 읽을 수 있다. 아주머니는 멀리 떨어져서 사는 오래된 친구 뮤리엘을 만나러 가는 길이다. 그 얘기를 들려줄 수도 있지만, 그랬다가는⋯⋯.

아주머니가 말했다. "자, 마술 좀 보여 줘!"

나는 아주머니를 똑바로 보았다. 주름진 얼굴은 지쳐 보였다. 그렇지만 눈빛은 다정했다.

"죄송해요. 저는 마술을 못 해요."

"그 마술 태블릿으로 말도 하면서!"

아주머니는 옆자리 남자한테 말했다.

"쟤 혹시 다른 행성에서 온 외계인 아닐까요? 어떻게 생각해요?"

검은 머리를 부풀려서 땋은 남자는 손에 검은 책을 들고 뭐라 계속 중얼거리며 아주머니의 말을 무시했다. 그 가까이에 있는 서른 살쯤 된 남자가 끼어들었다. 남자는 반바지에 티셔츠 차림이고, 티셔츠에는 '미키마우스는 비밀경찰이다!'라는 문장이 적혀 있었다.

"저분은 지금 기도문 외우잖아요. 안 보여요?"

아주머니가 말했다. "나도 알아요! 그냥 물어본 거뿐이에요! 그럼, 댁한테 하나 물어봅시다. 미키마우스가 미니마우스랑 결혼했다고 미키마우스를 질투해요?"

다이안 선생님이 낄낄 웃었다. 나도 웃었다.

지하철이 끽 하며 멈췄다.

선생님이 말했다. "여기서 내려야 해."

맞은편에 있던 아주머니가 나한테 소리쳤다. "착하게 살아, 신기한 꼬맹이 아가씨!"

내가 말했다. "저는 꼬맹이가 아니에요. 어쨌든 착하게 살게요."

미키마우스 티셔츠 남자가 말했다. "이 이상한 아주머니 말은 듣지 마."

아주머니가 남자의 말을 되받아쳤다. "입 다물어요, 아저씨!"

나는 생각했다. 뉴욕 사람들은 정말 말이 많네. 파리 지하철에서는 아무도 말을 하지 않는데……. 그리고 뉴욕 사람들은 자기 생각을 있는 그대로 다른 사람한테 말해!

문이 열리자, 땋은 머리에 검은 모자를 쓴 채 책을 보며 기도하던 사람이 나를 보고 웃으며 말했다.

"샬롬."

플랫폼으로 나왔을 때 선생님한테 물었다.

"방금 그 아저씨가 한 말이 무슨 뜻이에요?"

"히브리어야. 여러 뜻으로 쓸 수 있어. '안녕'. '잘되기를 빌어요'. '좋은 일만 생기기를'."

"멋진 단어네요! 뉴욕 지하철에는 배울 게 많아요! 여기는 어디예요?"

"42스트리트야."

"여기 뭐가 있어요?"

"이제 보면 알아."

계단을 올라갔다. 지상으로 나오자 밖에는 온통 커다란 전등들이 밝게 빛났다! 극장들이 다 불을 밝히고 있었다! 빌딩들도 전광판과 스크린으로 번쩍거렸다!

나는 감탄하며 둘러보았다. "와! 마법 세상에 온 거 같아요! 여기가 어디예요?"

"타임스퀘어야! 브로드웨이. 화려한 공연이 열리는 곳이야. 해가 바뀌는 때에 저기서 커다란 은색 공이 내려와."

선생님이 앞에 있는 좁고 높은 빌딩을 가리켰다. 지금은 유월이니까 거기서 공이 내려오려면 반년은 더 기다려야 한다!

내가 말했다. "다음에는 새해 전날에 꼭 뉴욕에 올래요."

"그날에는 여기에 사람이 아주 많은데 괜찮겠어? 어쨌든 내가 선물할 게 있어. 브로드웨이에서는 수요일과 토요일에 낮 공연을 해. 내일이 수요일이야. 내가 뉴욕에 살 때 친하게 지낸 친구가 지금 뮤지컬 무대에서 일해. 내일 낮 공연에 우리 자리를 구해 준대!"

"와! 대단해요! 정말 고맙습니다. 무슨 뮤지컬이에요?"

"제목이 '나는 좀비와 결혼했다'야."

"무서울 거 같아요."

"좀 어이없대. 터무니없대."

"터무니없는 게 재밌을 때가 많아요. 브로드웨이 뮤지컬은 처음이에요! 뮤지컬을 보여주신다니 정말 고맙습니다!"

브로드웨이를 한 바퀴 돌고 좁은 거리를 내려갔다. 그 거리 주위에는 오래되고 아름다운 빌딩들이 있었다. 선생님이 그 건물들은 1920년대와 1930년대에 지어졌다고 말했다.

"프랑스 건물들처럼 오래되지는 않았어. 루브르는 18세기 말에 지어졌지. 베르사유 궁전은 루이 14세 때인 1682년에 지어졌고, 그때 미국은 아직 신대륙이고 식민지였어."

곧 아주 넓은 길이 나왔다. 5번가라고 선생님이 알려 주었다. 새 건물들과 오래된 건물들이 섞여 있고, 커다란 가게도 많았다. 이곳이 크리스마스에는 아주 멋지게 장식된다고 했다. 록펠러센터라는 곳에는 세상에서 제일 큰 크리스마스트리가 세워진단다.

5번가를 지나 커다란 건물 앞에 왔다. 궁전처럼 크지만, 화려한 장식은 없다. 회색 돌 건물이고, 돌로 된 커다란 사자 두 마리가 앞을 지키고 있었다.

선생님이 말했다. "여기는 뉴욕 공공 도서관이야. 책이 셀 수 없이 많아. 그리고 앞에 있는 사자들은…… 뭘 뜻하는 거 같아?"

뉴욕 공공 도서관

"사자들은 아주 똑똑해요!"

나는 잠시 생각한 뒤에 말했다.

"사자들은 아주 똑똑해요. 자기 무리를 보호하고요. 그러니까 앞에 있는 사자들은 이렇게 말하는 것 같아요. '책을 읽는 사람은 생각하는 사람이다.' 그리고 사자들은 여기를 보호해요."

"완벽한 대답이야. 게다가 요즘은 텔레비전을 보거나 스마트폰을 들여다보지 않고 책을 읽고 있으면 생각이 너무 많은 사람이라는 취급을 받아. 그렇지만 생각을 많이 하는 사람은 모든 일에 두 가지 면이 있다는 걸 이해할 수 있어. 그러면 '나는 옳고 너는 틀렸다'는 생각에서 벗어날 수 있지."

"그래서 도서관 앞을 지키는 사자가 두 마리인지도 몰라요!"

"정말 그럴지도 모르겠다!"

길을 더 내려갔다. 작은 스트리트를 여럿 지나서 아주 넓은 스트리트를 건넜다. 선생님이 위를 올려다보라고 했다. 고개를 젖혀 위를 보자…… 엠파이어스테이트 빌딩이다!

"정말 높아요! 킹콩은 어디 있어요?"

선생님이 웃었다. "꼭대기에 올라가도 킹콩은 못 만날걸."

나는 신나서 물었다. "꼭대기에 올라가요?" 한편으론 걱정되기도 했다. 입구에 길게 늘어선 줄을 보았기 때문이다. 들어가려면 몇 시간을 기다려야 하나? 엠파이어스테이트 빌딩 꼭대기에 정말 가고 싶긴 하지만, 몇 시간을 기다려야 하면 뉴욕에서 다른 것들을 볼 시간을 놓치는데…….

선생님이 내 마음을 알아채고 말했다.

"당연히 꼭대기에 올라가지! 걱정하지 마. 두 시간을 기다려서 들어가

"킹콩은 어디 있어요?"

지는 않을 테니까. 여기에도 연줄이 있어. 내 친구가 엠파이어스테이트 빌딩에서 일해. 본업은 배우인데 생활비를 버느라 여기서 일해. 그 친구가 빨리 입장할 수 있는 특급 티켓을 줬어!"

"선생님은 좋은 친구분이 많네요!"

"예술 하는 사람들은 서로 도와야 해. 돈이 별로 없으니까."

"왜 예술가들은 늘 힘들게 살아요?"

"예술이 중요하지 않다고 생각하는 사람이 많으니까. 뉴욕이나 파리 같은 도시는 갈수록 물가가 올라서 예술가들이 살기 더 힘들어졌어. 그래서 내 친구 패트리샤도 여기서 일하지."

선생님이 손을 흔드는 쪽에는 선생님 또래의 여자가 있었다. 그 사람이 패트리샤였다. 아이라인을 까맣게 그려서 뱀파이어 같았다. 군복 같은 옷을 입고, 머리에는 상자 모양의 검정 모자를 썼다. 패트리샤는 우리를 보고 환하게 웃었다.

패트리샤가 선생님한테 말했다. "지금 포옹은 못 해. 손님들과 노닥거린다고 생각할 거야. 어쨌든 무지무지 반갑다!" 그리고 나를 보며 말했다. "네가 그 유명한 오로르구나. 너도 무지무지 반가워!"

내가 태블릿 목소리로 말했다. "유명하지는 않아요."

"아니, 내가 들은 얘기로는 아주 유명하던걸."

"선생님한테 들었는데, 배우라면서요?"

"맞아. 브루클린에 있는 작은 극단에서 공연하는 연극에 출연하게 됐어. 2년 동안 잠을 못 잔 여자 역이야! 나중에 좀비로 변해!"

내가 말했다. "뉴욕에는 좀비가 많네요!"

뉴욕에는 좀비가 많다.

"연극에만 있는 것도 아니야!"

패트리샤 옆에는 정장을 입은 남자가 명찰을 달고 서 있었다. 패트리샤의 상관인 듯한 그 남자는 패트리샤를 보며 헛기침을 했다. '이제 잡담은 그만해!' 하고 말하는 것 같았다. 패트리샤가 남자한테 고개를 끄덕인 뒤, 우리를 보며 커다란 은색 문을 가리켰다.

"저 엘리베이터를 타면 꼭대기로 곧장 가. 전망대 구경 잘해!"

내가 말했다. "고맙습니다, 고맙습니다!"

엘리베이터에 사람이 꽉 찼다. 제복을 입은 남자 안내원이 버튼을 누르며 101층으로 간다고 말했다. 101층! 엘리베이터 안내원이 말하기를, 101층까지 90초도 안 걸린대!

나는 선생님한테 말했다. "우주 비행사가 된 것 같아요!"

문이 닫혔다. 안내원이 버튼을 눌렀다. 그러자 갑자기 휙! 위로 날아올랐다! 귀가 먹먹했다!

내가 말했다. "달나라로 날아가요!"

선생님이 말했다. "그냥 뉴욕 높은 데 가는 거야."

"거기가 저한테는 달나라예요!"

우리는 계속 높이 또 높이 올라갔다. 귀가 또 먹먹했다. 그러다가 속도가 줄더니, 뽕! 문이 열렸다. 안내원이 우리한테 미소를 보내며 말했다.

"높은 곳에서 발도 못 떼는 증상이 없길 바라요!"

밖으로 나왔다. 여태껏 본 적 없는 멋진 광경이 보였다. 뉴욕이 우리 앞에 펼쳐졌다! 우리가 뉴욕 꼭대기에 있다! 101층에서 내려다보고 있다! 우리는 전망대를 빙 돌았다. 높은 빌딩들이 다 보였다. 맨해튼 양쪽으로 흐르는 강들이 보였다. 다리들도 다 보였다. 길게 뻗어 있는 아주 커다란 공원이 보이자 선생님이 이름을 알려 주었다. 센트럴파크! 거기 동물원도 있는데 내일 갈 수도 있단다. 전망대 끝 쪽으로 가자 보이는 것은…… 자유의 여신상이다!

"자유의 여신상은 프랑스 정부가 미국에 선물한 거야."

뉴욕이 우리 앞에 펼쳐졌다!

"미국은 우리 프랑스에 답례로 선물을 했어요?"

"했지. 제2차 세계대전 때 프랑스가 나치를 몰아내고 자유를 얻는 데
도움을 줬어."

"큰 선물이네요!"

"그래. 자유는 제일 큰 선물이야."

우리는 엠파이어스테이트 빌딩 꼭대기에서 한 시간을 보냈다. 거기서
사진을 찍지 않은 사람은 선생님과 나뿐이었다. 엄마가 뉴욕에 가면 사
진을 많이 찍으라고, 태블릿으로 찍으면 된다고 말했지만, 나는 선생님
과 같은 생각이었다. 최고의 카메라는 눈이다! 눈을 감고 떠올리면 예
전에 본 멋진 것들을 머릿속에 생생히 그릴 수 있다. 신비한 능력이 없
어도 누구나 할 수 있다. 그래서 모두가 스마트폰을 자기 얼굴 쪽으로

들고 있을 때 선생님과 나는 계속 바깥 풍경을 내다보았다. 우리 머릿속 커다란 도서관에 우리가 본 것들을 하나하나 잘 새겨 놓았다.

선생님이 말했다. "벌써 세 시네. 오늘 밤에 나가려면……."

"밤에도 나가고 싶어요!"

"나도! 그렇지만 우리 몸은 아직 프랑스 시간에 맞춰져 있어. 지금 프랑스 파리는 밤 아홉 시야."

"그렇지만 낮잠은 안 자도 돼요. 비행기에서 많이 잤어요."

"나도 뉴욕에 처음 왔을 때 그렇게 말했어. 그때 나도 비행기에서 내내 잤지. 그런데 뉴욕 시간으로 저녁 일곱 시가 되니까 졸려서 아무것도 못 했어."

"그렇지만 아직 세 시고, 뉴욕 구경은 이제 막 시작한걸요."

"내 말을 끝까지 들어. 둘 중에 뭘 할지 골라. 먼저, 자유의 여신상을 보러 가는 거야. 그런데 지하철을 타고 또 페리를 타야 해서 오가는 데 두 시간이 걸려. 두 번째는 공룡인데……."

"공룡 좋아요!"

"그럼, 미국 자연사 박물관에 세계 최고의 공룡 전시를 봐야지. 거긴 세계 최고의 박물관이기도 해. 공룡뿐 아니라 깜짝 놀랄 게 또 있어."

"깜짝 놀랄 거 좋아요!"

우리는 엘리베이터를 타고 아래로 내려와 엠파이어스테이트 빌딩과 작별했다. 34스트리트라는 아주 붐비는 길을 건너 메이시스라는 커다란 백화점을 지나갔다. 메이시스 백화점에는 크리스마스 때 산타클로스가 나온다고 한다. 그곳을 배경으로 한 영화도 있단다. 〈34번가의 기

적〉이라는 영화로, 산타클로스와 요정들이 나온다.

"선생님은 산타클로스를 믿으세요?"

"일곱 살 때 우리 언니가 나한테 산타클로스는 없다고 했어. 언니가 나빴어. 그때부터 산타클로스를 못 믿게 됐으니까."

"선생님 엄마는 뭐라고 하셨어요?"

"엄마는 사람이 나이를 먹으면 산타클로스에 대한 생각이 바뀐다고 했어. 지금은 산타클로스가 있다고 믿고 싶어. 문제는, 언니 말이 맞는 거야. 산타클로스가 진짜 있다고 믿던 시절은 끝났어."

업타운으로 가는 지하철을 타고 79스트리트와 센트럴파크 웨스트에서 내렸다.

내가 물었다. "오늘 센트럴파크에 가요?"

"지하철역에서 나가면 길 건너에 센트럴파크가 보일 거야. 그렇지만 센트럴파크는 내일 가."

"내일 동물원도 가요?"

"당연하지. 그렇지만 오늘 준비한 깜짝 선물은……."

지하철역에서 나오자 커다란 건물들이 눈앞에 보였다. 자연사 박물관!

선생님이 말했다. "자, 이제 기대해."

선생님은 티컵을 거꾸로 엎어놓은 것처럼 생긴 건물 입구로 갔다.

선생님이 둥근 지붕을 가리키며 말했다. "저런 걸 '돔'이라고 불러. 저 돔 안은 플라네타륨이야. 우리 은하계에 있는 행성과 별을 모두 볼 수 있는 곳이야."

나는 정말로 즐겁고 신날 때만 폴짝폴짝 뛴다. 바로 그때 내가 폴짝

폴짝 뛰었다.

오로르라는 내 이름은 아침마다 태양을 하늘에 띄우는 그리스 여신의 이름을 딴 것이다! 오로르라는 내 이름은 북극곰들이 사는 북극에 뜨는 성운의 이름을 딴 것이다! 그러니까 나는 별을 아주 좋아한다! 그런 내가 지금…….

나는 선생님을 꼭 껴안고 정말 행복하다고 말했다.

"천체 쇼도 마음에 들면 좋겠다! 이제 5분 뒤면 시작이야!"

안으로 들어갔다. 실내는 아름답고 오래된 극장 같았다. 천장은 커다란 돔이었다. 우리가 들어갔을 때 안은 이미 어두웠다. 객석은 꽉 차 있었다. 조명이 더 어두워지더니 어느새 깜깜해졌다. 헤드폰을 쓰라는 안내 방송이 나왔다. 좌석 앞에 작은 스크린이 있고, 여러 나라 언어로 설명이 나왔다. 프랑스어도 있었다! 나는 헤드폰을 썼다. 아주 낮은 목소리가 흘러나왔다.

"우주는…… 광활합니다."

갑자기 텅 빈 푸른색 공간에 둘러싸였다. 그러다가 금세 달이 나타났다. 그리고 태양계 행성이 모두 나타났다. 명왕성이 지나갔다. 명왕성은 이제 행성이 아니라는 설명이 헤드폰에서 들렸다. 이제 깊고 깊은 우주가 펼쳐졌다. 태양계 너머에 수없이 많은 별이 있고, 지구 생명체와 전혀 다른 형태의 생명체가 존재하는 행성이 있을지도 모른다는 설명이 들렸다. 머릿속에 온갖 상상이 떠올랐다! 드넓고 드넓은 우주에서 지구는 작은 티끌일 뿐이다. 태양계 너머에 무엇이 있는지 우리는 절대 모를 수도 있다. 천체 쇼에서 제일 마음에 들었던 것은, 별빛이 우리 눈에 보이기까지 수십, 수백 년이 걸린다는 사실이다. 별빛이 우리한테 오는 사이에 사라진 별도 있을 수 있다!

조명이 밝아진 뒤 나는 선생님한테 물었다.

"한 번 더 봐도 돼요?"

"그러면 공룡을 못 볼 텐데? 그리고 낮잠도 정말 자야 해!"

"프랑스로 돌아가기 전에 여기 한 번 더 와서 천체 쇼를 볼 수 있을까요?"

"시간이 될지 알아보자. 그렇지만 지금은 정말로 공룡 전시관에 가야 해. 자연사 박물관이 너무 넓어서 거기까지 가는 데도 10분이나 걸려. 어서 가자!"

공룡 전시관까지는 10분이 아니라 8분 걸렸다. 선생님과 나는 걸음이 아주 빠르다! 가는 길에 신기한 바위와 광물들이 가득한 전시실들을 지나갔다. 어둠 속에서 광물들이 빛났다. 커다란 돔이 또 나왔다. 그곳에는 크고 작은 새들이 아주 멋지게 전시돼 있었다. 그러다가 별안간 무시무시한 티라노사우루스가 나타났다. 티라노사우루스는 커다란 입구를 지키는 문지기처럼 서 있었다. 턱이 아주 거대했다. 선생님이나 나같이 조그만 사람은 한 입에 잡아먹히겠다!

나는 얼어붙었다. 선생님이 내 어깨에 손을 얹었다. "걱정하지 마. 저건 티라노사우루스 뼈야. 우리를 공격하지는 않아."

커다란 입구를 지키는 문지기처럼 서 있는 티라노사우루스.

"그래도 예전에는 공격했어요."

"아주아주 옛날 일이야."

"티라노사우루스 뼈가 어디서 발견됐어요?"

브론토사우루스 쪽으로 가고 있을 때, 맞은편에 남자아이가 보였다.

명문 사립학교다운
교복 재킷

흰색 셔츠

빳빳하게 다림질한
바지

단정하게 맨 넥타이

반짝반짝 빛나는 구두

내 또래인데, 키는 다이안 선생님보다 조금 컸다. 교복을 입고 있었다. 파란색 재킷과 회색 바지, 검은색 구두, 흰색 셔츠와 파란색 넥타이. 재킷 앞주머니에 '컬리지어트'라는 글자가 적힌 학교 휘장이 보였다. 넥타이도 학교 넥타이였다.

갈색 머리의 남자아이는 수줍게 미소를 짓지만 눈빛은 슬펐다.

선생님이 남자아이한테 영어로 물었다.

"티라노사우루스 뼈가 어디서 발견됐는지 알아?"

남자아이가 눈을 반짝였다.

"센트럴파크요."

나는 태블릿 목소리를 켜고 물었다. "정말?"

남자아이의 눈이 더 커졌다.

"태블릿으로 말하네. 훌륭하다."

선생님이 말했다. "훌륭하다고? 사람들이 평소에 말할 때 쓰는 단어는 아니네."

"저희 아버지는 늘 훌륭하다는 말을 써요. 나쁜 말 대신 '몹쓸'이나 '맙소사' 같은 말을 쓰고요."

"아버님이 아주 점잖으신가 보다."

"네." 남자아이의 눈빛이 다시 슬퍼졌다. "아버지는 아주 예의 바른 사람으로 보이기를 좋아하죠."

선생님이 물었다. "그래서 너도 이렇게 점잖니?"

"아버지는 제가 부족하다고 생각해요."

"왜? 내가 보기에는 아주 점잖은데."

"저랑 같이 있는 시간이 아주 적어서 그럴 거예요."

내가 물었다. "엄마는?"

"엄마는 우리랑 같이 살지 않아요."

내가 물었다. "아빠랑 엄마가 헤어졌다는 뜻이야?"

"아니, 엄마가 사라졌어." 남자아이의 눈에 눈물이 그렁그렁했다.

나는 남자아이의 어깨에 손을 얹었다.

"안됐다. 넌 이름이 뭐야?"

"로버트…… 사람들은 다 바비라고 불러."

나는 바비한테 우리를 소개했다.

바비가 선생님한테 물었다. "그럼 프랑스인이세요?"

선생님이 말했다. "Tout-a-fait! Parles-tu français?(맞아! 프랑스어를 할 줄 알아?)"

사람들은 나를 바비라고 불러.

바비가 고개를 가로저었다. "그래도 파리에 간 적은 있어요. 엄마가 우리와 함께 살 때였어요. 엄마, 아빠, 저, 모두 크리스마스에 갔어요. 제가 일곱 살일 때예요. 콜레트라는 유모도 같이 갔어요. 저는 밥 먹을 때만 빼고 대부분 유모랑 단둘이 있었어요. 그래도 유모가 프랑스 사람이어서 잘 놀았어요! 아쉽게도 프랑스어를 많이 배우지는 못했지만……. 조르주 생크라는 호텔에 묵었는데, 아주 멋진 곳이었어요."

선생님은 눈이 휘둥그레졌다. "거긴 아주 유명한 호텔이야."

"아빠는 5성급 호텔에만 묵어요."

나는 선생님한테 물었다. "5성급이 무슨 뜻이에요?"

선생님이 프랑스어로 속삭였다. "아주 비싼 곳."

나는 바비한테 말했다. "우리랑 같이 공룡 볼래?"

"좋아."

땡! 문자 메시지가 왔다는 신호. 선생님 휴대폰이었다. 선생님이 휴대폰을 보더니 몸이 굳었다. 나는 메시지를 보낸 사람이 일레인이라고 금세 알아챘다. 선생님은 억지웃음을 지었다.

선생님이 말했다. "잠깐만 바비랑 둘이 있을래? 통화를 좀 해야 해. 어머님께도 전화해서 우리가 잘 있다고 안심시켜야 하고." 그리고 바비한테 말했다. "오로르한테 공룡 좀 보여 줄래? 박물관을 잘 알지?"

바비가 말했다. "네, 잘 알아요!"

내가 바비한테 말했다. "신난다!" 그리고 선생님한테 말했다. "선생님은 전화 통화를 하세요. 친구분과 이야기가 잘되길 빌어요. 그리고 우리 엄마한테는 제가 나중에 태블릿으로 연락하겠다고 전해 주세요. 그리고 뉴욕에 살고 싶을 만큼 즐겁다는 말도 전해 주세요!"

"뉴욕에 살고 싶다는 말은 전하지 않을게. 그랬다가는 어머님이 더 걱정하실걸. 15분이면 통화를 끝낼 수 있어. 그러니까 공룡 전시실을 벗어나면 절대 안 돼!"

바비가 내 몫까지 말했다.

"알았습니다. 절대 안 벗어나겠습니다."

선생님은 커다란 계단 쪽으로 갔다. 선생님이 가자마자 바비가 물었다.

"언니야?"

"아니, 선생님이야. 언니는 파리에 있어. 이름은 에밀리고 나이는 열네 살이야. 너는 형제가 어떻게 돼?"

바비가 말했다. "나는 혼자야."

바비는 슬픔을 떨치려는 듯 고개를 대여섯 번 절레절레 흔든 뒤에 말했다.

"브론토사우루스에 대해서 내가 아는 걸 다 들려줄게."

우리는 거대한 공룡 뼈로 다가갔다. 몸집은 아주 크지만 목은 가늘고 길었다. 브론토사우루스는 책이나 만화에서도 봤다. 그렇지만 이렇게 눈앞에서 직접 본 적은 없었다. 아주 크지만 순해 보였다. 그리고 바비는 정말이지 브론토사우루스에 대해서 아는 게 아주 많았다.

"브론토사우루스는 채식을 했어. 나뭇잎이랑 풀만 먹었어. 다른 공룡은 절대로 먹지 않고……."

내가 말했다. "엄청 착하네!"

"몸 아래쪽이 아주 거대해서 물속에서 지낼 때도 있어. 먹을 게 있는 나무들로 둘러싸인 늪에서 놀았어. 큰 몸집 때문에 멀리 갈 수는 없었어. 그리고 서로 사이 좋게 지냈어. 그리고 다른 공룡들이 다 그랬듯이 티라노사우루스를 두려워했어. 티라노사우루스는 다른 공룡들을 괴롭히는 존재였어. 눈앞에 지나가는 것들은 다 먹어치웠어. 어쨌든 이야기에는 악당이 있어야 한대! 학교에서 선생님한테 들었어."

"우리 아빠도 그런 말을 했어. 바비는 얘기를 정말 재밌게 잘한다!"

"우리 아빠는 그렇게 생각 안 해. 아빠는 내 얘기가 지루하대."

"정말 그렇게 말씀하셨어?"

바비가 고개를 끄덕였다.

"그런 말씀을 하시면 안 되지."

"아빠는 나한테 아주 까다로워. 신문 기사에서도 항상 아빠더러 까다롭대."

"아빠가 신문에 나와?"

"응. 우리 아빠는 큰 빌딩을 짓고 돈을 많이 벌어. 그리고 아주 까다로운 사업가로 유명해."

"까다로운 아빠인 것도 분명하네! 우리 아빠는 나한테 좋은 말만 해. 엄마도 아주 다정해. 걱정이 많긴 하지만."

"넌 행운아구나. 오리너구리 보러 갈래?"

"멋지다! 그건 그렇고, 아빠 이야기를 더 하고 싶으면……."

바비가 걸음을 멈추고 나를 보았다.

"비밀 지킬 수 있어? 정말로 큰 비밀이야."

"당연하지!"

"우리는 만난 지 얼마 안 됐고 지금부터 내가 들려줄 이야기는 아주 중요한 비밀이니까 먼저 나한테 약속해. 절대 아무한테도 말하지 않겠다고."

"약속해!"

바비가 말없이 바닥만 내려다보았다. 그러다가 고개를 들어 나를 보며 말했다.

"나는 집에서 도망 나왔어."

"나는 집에서 도망 나왔어."

★

나는 바비를 한참 동안 빤히 보았다. 태블릿 음량을 줄여 태블릿 목소리를 나직하게 만들었다.

"정말 집에서 도망 나왔어?"

바비가 고개를 끄덕였다.

"왜 그랬어?"

"사연이 길어."

"짧게 요약해서 말해 봐."

바비가 내 눈을 피해 먼 곳을 보며 말했다.

"아빠는 내가 없어져도 신경 쓰지 않을걸."

"아빠가 그렇게 나쁜 사람일 리 없어."

"나쁜 사람은 아빠가 새로 결혼한 저니나라는 여자야. 저니나는 아빠랑 같이 사업을 해. 그리고 아빠를 혼자 독차지하려고 해."

"아빠는 어떻게 생각하셔?"

"아빠는 저니나 말이라면 뭐든 따라. 저니나가 나를 싫어한다고 아빠한테 말해 봤는데, 아빠는 그냥 내가 까다로워서 그런대. 그리고 저니나가 나한테 거는 기대가 높기 때문이래."

"그렇지만 너는 진실을 말했잖아?"

내가 그 말을 했을 때 다이안 선생님이 저쪽에서 나한테 손짓했다. 그리고 휴대폰을 가리키며 입 모양으로 '어머님'이라고 말했다. 나는 선생님한테 고개를 끄덕인 뒤 바비한테 말했다.

"프랑스에 있는 엄마와 통화해야 해. 어디 가지 말고 기다려."

바비가 물었다. "호텔에 묵어?"

"응. 메트로폴 호텔."

"처음 들어."

"음…… 작은 호텔이야. 브로드웨이에 있어."

"우리 아빠는 호텔도 지어. 그래서 나도 큰 호텔들은 다 알아. 그 호텔은 싸구려 같다."

"그래서 뭐? 싼 곳도 멋질 수 있어. 어쨌든 다이안 선생님한테도 집 나왔다고 얘기해. 선생님이 도와주실 거야. 나도 도와줄 수 있어."

바비가 물었다. "전화번호 있어?"

"내 태블릿 번호만 있어. 그런데 프랑스 번호야. 그리고 나는 전화 통화는 못 해. 말을 못하니까."

바비가 자기 휴대폰을 꺼내며 말했다. "번호 알려 줘."

나는 태블릿에 번호를 적었다. "네 번호도 메시지로 보내."

"당연하지. 선생님한테는 내가 집 나왔다고 얘기하지 마."

"나는 거짓말 못 해. 왜 선생님한테 말하면 안 돼?"

"경찰에 신고할지 모르니까!"

"그렇지만……."

나는 거기서 말을 그쳤다. 다이안 선생님이 소리쳤기 때문이다. "어머님이 당장 통화하시겠대!"

나는 주위를 둘러보며 앉을 자리를 찾아보았다. 엄마와 통화하면 한참 걸릴 테니까. 바비한테 10분 안에 돌아온다고, 선생님은 곧장 올 거라고 말했다.

바비가 말했다. "엄마한테 안부 인사 전해 줘." 바비의 표정이 어두웠다. 바비는 엄마가 없기 때문이다.

나는 얼른 선생님한테 갔다. 선생님이 우리 엄마한테 하는 말이 들렸다.

"네, 오로르가 지금 통화할 거예요. 걱정하지 마세요. 조심하고 또 조심할게요. 오로르는 저한테도 아주 소중해요."

선생님이 통화를 마치고 나한테 말했다.

"우리 엄마보다 더 걱정이 심하셔."

"선생님, 지금 바비랑 얘기해보세요. 바비가 집을 나왔대요!"

선생님 눈이 휘둥그레졌다. 태블릿에서 땡 소리가 울렸다. 엄마가 나한테 문자 메시지를 보냈다.

선생님이 말했다. "그거 큰일이네! 다른 얘기는 못 들었어?"

"아빠가 부자고, 호텔을 짓는대요. 엄마가 없고, 새엄마는 바비한테 다정하지 않대요."

"이렇게 짧은 시간 안에 많은 걸 알아냈구나! 경찰이 너와 일하는 게 놀랍지 않네!"

태블릿에서 또 땡 소리가 났다.

"얼른 어머님과 얘기해. 바비는 내가 찾아서 어떻게 도울 수 있을지 알아볼게."

선생님은 브론토사우루스가 있는 쪽으로 서둘러 걸어갔다. 나는 엄마와 문자 메시지를 시작했다. 엄마는 호텔이 괜찮은지 물었다. 조금 낡고 이상하다고 대답하자 엄마가 걱정했다. 엄마는 내가 피곤하지 않은지 물었다. 비행기에서 자서 괜찮다고 말했다. 그리고 밤에 나가기 전에 한 시간쯤 낮잠을 잘 거라고 하자……

'오로르, 밤에는 밖에 나가면 안 돼.'

'너무 늦게까지 밖에 있지 않을게요, 엄마. 어쨌든 뉴욕에서 보낼 수 있는 날은 나흘뿐이고…….'

'알아, 나도 알아. 그렇지만 잠을 충분히 못 자면…….'

갑자기 선생님이 달려왔다.

"바비가 어디 간다고 했어?"

나는 엄마한테 잠시 기다리라고 한 뒤, 선생님한테 말했다.

"선생님이 올 테니 기다리라고 했어요."

"그런데 브론토사우루스 주위에 없어!"

"화장실에 간 거 아닐까요?"

"그래야 할 텐데. 화장실이 어디인지 물어보고 그 앞에서 기다려야지."

선생님은 다시 달려갔다. 나는 엄마와 메시지로 몇 분 동안 이야기했다. 엄마가 그러는데, 언니는 비행기가 취소돼 금요일 아침까지 뉴욕에 못 가서 몹시 화가 났다고 한다. 금요일은 내가 뉴욕에서 보내는 마지막 날이다! 그럼, 아빠와 언니는 이 멋진 도시에서 보내는 날이 하루뿐이다. 아빠는 내가 뉴욕에 더 머물 수 있게 내 비행기표를 바꾸려고 애쓰고 있다. 아빠와 언니가 묵는 호텔에 침대만 하나 더 놓으면 셋이 지낼 수 있으니까.

다이안 선생님이 빠른 걸음으로 다가왔다. 제복을 입은 아저씨와 함께 왔다. 선생님은 메시지를 끝내라고 손짓했다. 나는 고개를 끄덕인 뒤 엄마한테 이제 호텔에 가서 낮잠을 자야 한다고 말했다. 그리고 엄마를 안심시켰다. "네, 엄마. 너무 늦게까지 밖에 있지 않는다고 약속할게요!"

나는 선생님과 아저씨를 쳐다보며 선생님한테 물었다. "바비를 못 찾았어요?"

"화장실 앞에서 한참을 기다렸는데, 이 친절한 분이 오셔서 상황을 설명했어. 이분이 화장실에 들어가서 살펴보셨는데 바비는 없었어."

아저씨는 자기가 입은 제복이 그다지 만족스럽지 않은 표정이었다. 아저씨가 나한테 물었다.

"그 아이 성이 뭔지 아니?"

"아뇨, 그냥 바비라고 부른대요……."

나는 아저씨한테 바비의 아빠와 새엄마 얘기를 들려주었다.

아저씨는 내가 태블릿 목소리로 말해도 놀라지 않았다. 선생님한테서 미리 얘기를 들었나 보다.

내가 물었다. "경찰관이세요?"

"아니, 난 박물관 경비원이야. 내 이름은 짐이야."

"저는 오로르예요. 그리고 프랑스에서는 경찰과 일해요."

짐이 말했다. "그렇구나." 나는 짐의 생각을 읽었다. '애들의 상상력은 정말 기발해.'

짐이 물었다. "그러니까 그 바비라는 아이가 정말 집을 나왔다고 말했니?"

"정말이에요."

"어디로 간다는 말은 안 했고?"

"네. 그렇지만 배낭을 멨어요. 안에 옷이 가득 들었을 거예요."

"아이의 모습을 설명할 수 있겠니?"

"그림으로 그려도 될까요?"

"그럼 좋지."

나는 태블릿 펜을 꺼냈다. 잠시 후, 바비 그림을 짐한테 건넸다.

"잘 그렸네. 그림에 소질이 있어. 그걸 나한테 이메일로 보낼 수 있니?"

짐이 이메일 주소를 주었고, 나는 바비 그림을 보냈다. 짐은 박물관의 모든 출입구에 있는 경비원한테 무전기로 교복을 입고 배낭을 멘 열한 살짜리 남자아이를 찾아 보라고 알렸다. 박물관에는 출입구가 여덟 곳이나 있대! 짐은 다이안 선생님한테 전화번호를 알려 달라고 하며 말했

다. "박물관이나 경찰에서 연락해야 할 수도 있으니⋯⋯."

내가 말했다. "뉴욕 경찰도 만나고 싶어요!"

짐이 말했다. "아직 그 아이가 박물관 안에 있으면 좋겠네. 두 분은 뉴욕에서 즐거운 시간을 보내세요. 가출 소년이 있다고 알려 주셔서 고맙습니다."

호텔로 돌아가는 지하철 안에서 선생님이 말했다.

"바비는 오늘 밤에 집으로 돌아갈 거야, 틀림없이."

"왜 그렇게 생각하세요?"

"어릴 때는 누구나 가출을 꿈꿀 때가 있어. 그렇지만 실제로 가출하는 사람은 드물어."

"그렇지만 바비는 정말 불행해요. 저는 알아요. 정말 외로워요. 그리고 두려워하고 있어요."

"오로르, 너는 옳은 일을 했어. 나한테 말한 것도 잘한 일이야. 그렇지만 바비가 사라진 건⋯⋯ 우리 도움을 원하지 않는다는 뜻이야."

"아니면 겁먹었는지도 모르죠. 그렇지만 겁먹어서 아빠한테서 도망치는 거라면, 우리한테서는 왜 도망쳤을까요? 우리는 그저 도와주려고 했는데⋯⋯."

"사람은 겁을 먹으면 논리적으로 생각하지 못할 때가 많아. 그렇지만⋯⋯ 걱정하지 마. 바비는 틀림없이 집에 갔을 거야."

나는 걱정됐다. 그렇지만 너무 피곤해서 호텔에 도착하자마자 두 시간 동안 잤다. 옆방에서는 욕실 수챗구멍에서 쥐가 나왔다고 어떤 여자가 크게 소리질렀지만, 그래도 나는 꿈쩍 않고 잤다. 깨어나자 밖이 어두웠다. 선생님은 벌써 일어나서 방금 샤워를 마치고 나왔다.

"여섯 시 반이야. 그리니치빌리지에 가자!"

15분 뒤에 우리는 다운타운으로 가는 지하철에 있었다. 선생님은 재즈 클럽까지 가는 데 30분쯤 걸린다고 말하고, 피자를 좋아하는지 물었다.

"피자 좋아해요!"

"우리가 갈 재즈 클럽 옆에 뉴욕에서 제일 오래된 피자 가게가 있어. 화려하진 않아도 뉴욕 분위기가 넘치는 곳이야."

"멋질 거 같아요! 혹시 경찰이나 박물관에서 바비 일로 연락 왔어요?"

"아니. 너는? 혹시 문자 메시지 받았어?"

나는 고개를 가로저었다.

"바비는 괜찮은가 봐."

나도 그 말을 믿고 싶었다. 그렇지만 마음속에서 계속 목소리가 들렸다. '바비는 괜찮지 않아. 집에 안 돌아갔어.'

선생님이 물었다.

"다른 세상에 갈 때가 있다고 전에 말했지? 그 얘기 좀 들려줄래?"

선생님한테 전부 얘기하고 싶은 마음도 있었다. 그렇지만 **참깨 세상**을 얘기하면 오브가 화낼지도 모른다. **힘든 세상**에서 너무 힘든 일을 겪을 때 내가 갈 수 있는 다른 세상이 있다는 사실은 절대 누구한테도 말하지 않기로 오브와 약속했다.

나는 **참깨 세상**을 누구한테도 알리고 싶지 않다고 선생님한테 잘 설명하려고 애썼다.

선생님이 말했다. "이해해. 누구나 비밀 세상이 있어. 특히 나이 들면 후회가 많이 남아. 하고 싶었지만 결국 스스로를 속이면서 하지 않은 일들을 후회하지.”

“저는 후회가 없어요!”

“후회 없이 인생을 살지도 몰라지. 그건 대단한 행운이야. 그렇지만 후회가 부끄러운 일은 아니야. 후회를 느끼면, 다음번에는 더 잘하겠다는 각오를 하게 돼. 그리고 비밀은 꼭 지켜야 해. 비밀을 다른 사람한테 말하면, 더 이상 비밀이 아니니까.”

우리는 크리스토퍼 스트리트에서 내렸다. 7번가를 건너며 선생님은 그리니치빌리지가 지난 수십 년 동안 화가와 작가와 음악가 들이 살아온 곳이라고 말했다. 그리고 다른 삶을 사는 선구자들, 특히 성소수자들이 많이 모여 사는 곳이라고 했다.

“제가 많이 알지는 못하지만, 우리 부모님과 언니한테서 들은 얘기, 지금까지 제가 만난 사람들한테서 들은 얘기를 생각하면 ‘바람직한 가정’이란 것은 없어요!”

“맞아! 그리고 우리는 남이 어떤 삶을 선택하건 그걸로 그 사람을 평가하거나 판단해서는 안 돼. 그 선택이 다른 사람들한테 피해를 주지 않는 한.”

우리는 ‘빌리지 뱅가드’로 갔다. 빨간 문과 긴 차양이 마음에 들었다. 아직 줄을 선 사람은 없었다. 키가 아주 큰 문지기가 지키고 있었다. 멋진 안경을 쓴 존이라는 문지기는 아주 낮은 목소리로 “좋은 테이블에 앉으려면 30분 안에는 입장해야 한다.”고 말했다.

피자 가게는 정말 좋았다. 큰 오븐이 있고, 피자가 커다란 은빛 접시에 담겨 나왔다. 중국 사람들이 피자를 만들었다. 벽에 오래된 달력들이 걸려 있었다. 이 모든 게 다 좋았다. 게다가 주크박스라는 신기한 것도 있었다. 돈을 넣으면 듣고 싶은 음악을 고를 수 있다! 선생님이 고른 노래는 1960년대에 바비 대린이라는 유명한 가수가 부른 히트송이란다. 〈비욘드 더 시(Beyond the Sea, 바다 너머)〉라는 노래로, 프랑스에서 샤를 트르네가 부른 아주 유명한 곡 〈라 메르(La Mer, 바다)〉를 미국에서 다시 부른 것이란다. 우리는 바비 대린의 노래를 들으며 피자를 먹었다. 선생님은 그 노래를 원곡인 프랑스어로 따라 불렀고, 피자를 만드는 중국인들이 선생님한테 엄지손가락을 치켜들며 말했다. "목소리 예뻐요! 목소리 예뻐요!"

빌리지 뱅가드에서 오래 기다리지는 않았다. 문지기 존은 내가 재즈를 들으러 온 게 아주 멋지다고 말하고, 빌리지 뱅가드가 80년 넘게 이 자리를 지켰고, 재즈 대가들은 모두 이곳에서 연주했다고 말했다.

내가 물었다. "재즈 대가가 뭐예요?"

존이 말했다. "최고 중의 최고인 음악가들이지. 그리고 네가 뭘 하건 너도 최고 중의 최고가 될 거야."

"왜 그렇게 생각하세요?"

"재즈 용어로 말하면 리프를 할 줄 아니까."

우리는 앞쪽 테이블에 앉았다. 점원은 내 태블릿이 아주 멋지다고 말하고, 술이 들어가지 않은 셜리 템플이라는 칵테일을 주문하라고 했다. 다이안 선생님도 셜리 템플을 주문했다.

나는 선생님한테 물었다. "리프가 뭐예요?"

선생님이 말했다. "나도 몰라."

칵테일이 나왔다. 셜리 템플은 달콤한 빨간색 시럽이 들어간 진저에일에 커다란 체리를 넣은 것이었다. 맛있다! 테이블마다 손님이 꽉 찼다. 벽은 짙은 녹색으로 아름다웠다. 벽에는 온통 재즈 대가들의 사진이 걸려 있었다. 무대에는 피아노와 더블베이스, 드럼이 있었다. 빌리지 뱅가드 내부 전체도 아주 작고, 무대도 작았다. 그렇지만 작은 만큼 이 안에 있는 사람들은 서로 가까이, 또 음악과 가까이 있었다.

조명이 어두워졌다. 음악가들이 등장했다. 피아니스트 이름은 프레드 허쉬였다. 말랐고, 안경을 썼다. 다정한 표정이었다. 관객 모두가 박수로 맞이했다. 키가 아주 큰 일본인이 더블베이스를 잡고, 몸집이 아

그리니치빌리지
재즈 클럽
빌리지 뱅가드
피아니스트 프레드 허쉬

주 큰 흑인이 드럼 뒤에 앉았다. 흑인은 앞줄에 앉은 나를 보고 드럼스틱을 흔들며 인사했다!

연주는 한 시간 넘게 계속됐다. 프레드 허쉬는 곡을 연주하기 전에 설명을 많이 들려주었다. 유명한 옛 노래도 있고, 직접 작곡한 곡도 있었다. 그 음악들이 세 음악가의 머릿속에 다 들어 있다니! 나는 정말 감탄했다. 조용하고 슬픈 곡을 연주했다. 누구를 그리워하는 사람의 생각이 그대로 들여다보이는 것 같았다. '행복하세요!' 하고 말하는 듯한 곡도 연주했다. 한 시간이 금세 지나갔다. 세 음악가가 일어서서 인사했다. 모두가 박수를 쳤다. 조명이 밝아졌다. 나는 슬펐다. 내가 들은 최고의 음악이 끝났기 때문이다. 그리고 정말 피곤했다. 밤 10시가 되지 않았지만, 프랑스 시간으로는 새벽 4시다. 우리는 뉴욕에 오늘 도착했다. 내가 피곤해도 놀랄 일은 아니다!

밖으로 나가는데, 프레드 허쉬가 출구 바로 옆에 있는 테이블에 친구들과 앉아 있었다. 친구들은 모두 멋진 공연이었다고 프레드 허쉬를 축하했다.

내가 프레드 허쉬한테 말했다. "저한테는 인생 최초의 재즈 연주회였어요. 정말 멋졌어요!"

허쉬는 나한테 미소를 지은 뒤 말했다. "정말 고마운 인사구나!" 그리고 내 태블릿을 보고 말했다. "멋진 걸 들고 있네. 내 이름은 프레드야. 너는 누구니?"

나는 내 이름을 말한 뒤 물었다.

"재즈에 대해 하나 물어봐도 될까요?"

"물론이지!"

"리프가 뭐예요?"

"중요한 질문이네. 나랑 같이 피아노로 갈까? 그러면 자세히 설명해 줄게. 일행분도 같이 가시죠."

나는 다이안 선생님을 소개했다. 우리는 같이 피아노로 갔다. 이제 나는 진짜 재즈 피아니스트와 친구가 됐다! 프레드는 피아노 앞에 앉아서 피아노 뚜껑을 열고 짧게 연주했다.

"이걸 소절이라고 해. 이 한 소절을 계속 연주하면서 멜로디를 만들지. 자, 들어봐."

그런 뒤에 프레드가 그 짧은 연주를 계속 반복했다. 딴 따라 라 딴⋯⋯ 딴 따라 라 딴⋯⋯ 딴 따라 딴 따라 딴 딴 딴⋯⋯.

"반복할 때마다 조금씩 바뀐 거 들었어?"

나는 고개를 끄덕였다.

"그 '딴 따라 라 딴'을 계속 연주하면서 조금씩 바꾸면, 그게 리프야."

"음, 그럼 멜로디를 하나 만들어서 그걸로 장난을 치는 건가요?"

"바로 그거야! 그런데 음악이 아니라 일상생활에서는 '리프'를 발전한다는 뜻으로 쓸 수도 있어."

나는 그 말을 잠시 생각한 뒤 말했다.

"와! 우리가 잘못을 했을 때 리프를 할 수 있겠네요."

"대단한 생각이네. 그렇지만 네 나이에 왜 사람들의 잘못을 생각하지?"

"저는 형사니까요!"

"정말? 옛날 영화에 나오는 탐정?"

나는 태블릿 뒤에 있는 작은 포켓에서 경찰 신분증을 꺼냈다.

"프랑스에서 경찰과 일해요."

프레드는 깜짝 놀랐다.

"이번에는 내가 '와!' 하고 놀랄 차례구나. 리프가 인생에서 어떤 의미인지 네가 잘 이해할 만하네. 하나 물어보자. 재즈를 그렇게 좋아하면, 악기 연주를 배울 생각은 없니?"

호텔로 돌아가는 지하철 안에서 나는 하품을 했다. 너무 졸렸다. 그래도 선생님한테 물어보았다.

"집에 돌아가서 피아노를 배울 수 있을까요?"

"아주 좋은 생각이야. 그렇지만 지금은 내 어깨에 머리를 기대고 잠깐 눈을 붙여. 나는 깨 있어야 해. 내릴 역을 놓치고 계속 가면 안 되니까."

"고맙습니다."

나는 선생님 어깨에 기대서 잠깐 잠들었다. 내릴 때 선생님이 나를 흔들어서 깨운 것 같다. 103스트리트 역 간판을 본 것 같다. 선생님이 나를 호텔로 데려가 방으로 올라간 뒤 잠옷으로 갈아입히고 침대에 눕힌 것 같다. 태블릿에서 22시 30분이라는 시각을 본 것 같다. 늦은 시각이었다! 더구나 뉴욕에 온 게 겨우 열 시간 전이다! 나는 눈을 감았다. 깊게 깊게 깊게 잠들었다.

그리고……

땡. 땡. 땡.

태블릿에 메시지가 왔다. 나는 눈을 떴다.

잠에서 깼다. 선생님은 깊이 잠들어 있었다. 시간을 확인했다. 4:43.

여섯 시간을 잤다. 평소에 자는 아홉 시간에는 한참 모자랐다. 그렇지만 여기는 밤이 없는 도시인 뉴욕이다. 그리고 이곳에 있을 날은 앞으로 사흘뿐이다. 여섯 시간밖에 못 잤다고 불평할 때가 아니었다.

땅. 땅. 땅.

누가 나를 애타게 찾고 있었다. 나는 선생님이 깨지 않도록 태블릿 소리를 껐다. 그리고 메시지를 확인했다.

안녕, 오로르. 바비야. 나는 센트럴파크에서 잤어. 한 시간 전에 깨서 네가 있는 호텔에 왔어. 지금 1층에 있어. 일어나서 이 메시지를 보면 좋겠다. 지금 정말로 네 도움이 필요해!

나는 서둘러 옷을 입고 1층으로 내려갔다. 문을 아주 조심스레 닫았다. 선생님은 아직 코를 골며 자고 있었다. 선생님을 깨우기 싫었다. 호텔 복도는 아주 조용했다. 그러다가 앞에서 뭐가 뛰어다니는 소리가 들렸다. 엘리베이터 문이 열리자 쥐 한 마리가 내 앞을 휙 지나갔다. 검은 쥐가 정말 커다랬다! 나는 비명을 질렀다. 그렇지만 나는 말을 못하기 때문에 소리 없는 비명이었다. 그래도 쥐는 내 비명을 들었나 보다. 쥐가 멈춰 서서 놀란 표정으로 나를 쳐다보았다. 나는 쥐한테 물어보고 싶었다. '소리 없는 비명을 들을 수 있어? 그게 너의 신비한 능력이야?' 그렇지만 태블릿 목소리를 켜서 말하면 주위 객실에서 자는 사람들의 잠을 방해할 수 있으니 물어보지 않았다. **참깨 세상**이라면 쥐와 대화하면서 호텔 벽 속에서 사는 게 어떤지 다 알아내겠지만 이곳은 **힘든 세상**의 뉴욕이고 쥐는 그저 잠시 나를 뚫어져라 본 뒤 달아났다.

나는 엘리베이터 안으로 얼른 들어갔다. 문이 닫히자 안심했다. 방금 만난 쥐는 아주 착하겠지만, 어쨌든 나한테 쥐는 작은 티라노사우루스 같았다. 쥐를 보면 겁부터 난다. 물론 쥐를 무조건 겁내는 건 쥐의 입장에서 공정하지 않다. 쥐는 일부러 해를 끼치지는 않으며, 지하철 선로 옆이나 쓰레기통 같은 불편한 곳에서 살고 있다. 썩 좋은 환경은 아니겠지. 그래도 쥐한테 좋은 가족과 친구들이 있기를 기원했다. **참깨 세상**에 오브를 만나러 가면 착한 쥐와 즐거운 대화를 나눠야지.

엘리베이터는 끽끽 소리를 내며 아래로 내려갔다. 문이 열리자 바비가 보였다. 바비는 로비에서 하나뿐인 의자에 앉아 있었다. 나를 보고 환하게 웃었다. 조금 지쳐 보이고, 옷도 조금 지저분했다. 셔츠와 바지에 풀 얼룩이 묻었다. 프런트에는 안경을 쓰고 큰 터번을 두른 남자가 있었다.

내가 다가가자 바비가 말했다. "깨워서 미안해!"

바비는 조금 지쳐 보였다.

"왜 공원에서 잤어?"

"저기……." 바비는 프런트 직원을 턱으로 가리켰다. 나는 바비의 눈에서 생각을 읽었다.

'저 사람한테는 우리가 사촌이라고 했어. 자칫하면 저 사람이 경찰에 신고할지도 모르니까 아무 말도 하지 마.'

프런트 직원이 못마땅한 표정으로 나를 빤히 보며 말했다. "오로르 양이십니까?"

나는 태블릿 목소리로 말했다. "네, 맞아요!"

"두 분이 일행이라고 하는데, 맞습니까?"

"맞아요." 나는 사실을 말하지 않아서 마음이 조금 불편했다. 그렇지만 지금은 바비가 어려운 상황이었다. 사실대로 말하면 프런트 직원이 경찰에 신고하고, 바비는 아빠와 새엄마한테 돌아가야 한다. 그러면 나쁜 일이 일어날지 모른다. 지금 바비한테는 집이 오히려 위험한 곳이라는 사실을 프런트 직원한테 이해시킬 수 없었다.

프런트 직원이 물었다. "왜 이 시간에 여기 왔죠? 부모님은 어디 있어요?"

바비가 프런트 직원한테 말했다.

"우리 부모님은 새벽에 파리로 가는 비행기를 탔어요. 저는 사촌이 뉴욕에 있는 동안 사촌이랑 같이 지내요."

프런트 직원이 벽에 걸린 시계를 흘깃 보았다.

"정말 이른 시간에 비행기를 탔군요."

바비가 말했다. "여덟 시 비행기라서 공항에 다섯 시 반에는 도착해야 한대요. 공항에 가는 길에 저를 여기 내려줬어요. 그렇지, 오로르?"

프런트 직원이 나를 뚫어져라 보았다.

내가 말했다. "네, 맞아요."

그 말에 프런트 직원도 안심하는 것 같았다. 그래도 나한테 말했다.

"로비에 다시 내려오려면 아침이 된 뒤에 오세요. 어린아이들이 부모도 없이 이 시간에 호텔 로비에 있으면 사람들이 이상하게 생각해요. 저는 곤란한 문제에 휘말리기 싫어요."

바비가 말했다. "잘 알겠습니다."

바비는 나한테 위로 올라가자고 손짓했다. 우리는 엘리베이터로 갔다. 엘리베이터에 탄 뒤 바비는 2층을 눌렀다.

내가 말했다. "내 방은 6층이야."

"2층에 내려서 밖으로 나가는 길을 찾아야 해. 내가 아는 분이 아파트에서 쫓겨나게 됐어. 좋은 분이고, 우리 집에서 일했던 분이야. 오늘 당장 무슨 수를 내지 않으면, 새엄마가 그 아파트를 부수고 말아. 벌써 다른 입주자들은 다 쫓아냈어. 그 사람들은 집을 잃었어!"

"어제 왜 집에 안 갔어?"

"말했잖아. 집을 나왔다고."

"아빠와 새엄마가 걱정하시잖아."

"새엄마는 나를 미워해."

"이름이 저니나라고 했지? 어디 출신이야?"

"리투아니아. 전에는 모델이었어. 돈을 엄청 밝혀. 뭐든 다 자기 마음대로 하려고 해. 아주 밝은 금발이고."

"아빠는 왜 새엄마가 뭐든 마음대로 하게 둬?"

"아, 아빠가 그렇게 놔두는 건 아니야. 저니나가 아빠의 사업 파트너가 됐어. 큰 건물을 세우고, 오래된 동네를 부숴. 104스트리트 3번가에서 저니나가 무슨 짓을 하는지 내가 알아냈고, 저니나는 내가 그 사실을 안다는 걸 알고……."

"나쁜 일이 생기는 걸 알아냈으면 경찰에 알려야 하지 않아?"

"아빠와 저니나는 경찰에 연줄이 많아. 내가 경찰서에 가면 아빠한테 연락할 테고, 나는 집에 끌려가겠지. 저니나가 나를 집에 가둘 거야. 그러면 이고르한테 감시를 받으면서 학교에 가야 해."

"이고르가 누구야?"

"아빠 집사야."

"집사도 있어?"

"응. 이고르는 저니나의 사촌 동생이야. 같은 리투아니아 출신이야. 좋은 사람이 아니야. 이고르도 나를 미워해. 내가 집으로 돌아가면, 이고르와 저니나는 절대로 나를 혼자 두지 않을 거야. 나는 죄수같이 갇혀서 살게 될 거야!"

덜컹 하며 엘리베이터가 멈췄다. 바비가 엘리베이터 밖으로 나가서, 문이 닫히지 않도록 발로 막았다.

"이제 비상계단이랑 뒷문을 찾아서 104스트리트 3번가로 가야 해. 가서 르로이 아저씨를 만나야 해!"

"르로이 아저씨가 누구야?"

"아파트에서 쫓겨나게 된 사람."

"나는 호텔에서 나가면 안 돼!"

"한 시간이면 돼! 오로르, 네 도움이 필요해! 르로이 아저씨는 오늘 아침 여섯 시면 쫓겨나! 그 안에 거기 도착하면, 막을 수 있어!"

"그렇지만 너랑 가면, 선생님이 무척 화낼 거야."

"아니, 괜찮을걸. 네 선생님은 틀림없이 불쌍한 사람 편일 거야. 그리고 돈 때문에 사람들을 쫓아내고 건물을 부수는 사람한테 맞설 분이야."

"그래, 다이안 선생님은 더 좋은 세상을 만들고 싶은 사람이지. 나도 그래! 그렇지만 왜 내가 같이 가야 해?"

"나는 혼자니까. 그리고 무서우니까. 친구도 없으니까."

나는 엘리베이터 밖으로 나갔다.

내가 물었다. "친구가 없어? 학교에도?"

"학교 애들은 나를 괴짜라고 생각해."

"나도 학교 애들이 그렇게 생각해. 그렇지만 괴짜도 괜찮아. 사실, 괴짜는 특별하고 멋져."

"나랑 같이 르로이 아저씨 아파트로 가자. 해가 뜨면 건물을 부순대. 저니나가 거기 와서 르로이 아저씨를 확실하게 쫓아내는지 감시한대. 그때 나 혼자 저니나한테 맞서면, 저니나는 그냥 나를 윽박지르고 말 거야. 그렇지만 네가 옆에 있으면, 차마 사람을 쫓아내지 못할 거야. 어린 여자아이 앞에서 나쁜 짓을 하기는 부끄럽겠지!"

"나는 어리지 않아! 그리고 정말 돕고 싶어. 아주 나쁜 일을 막아야 한다면 더더욱 도와야지. 그렇지만 다이안 선생님이 잠에서 깼을 때 내가 없으면 정말 걱정할 거야."

"방에서 나올 때 선생님은 자고 있었어?"

"코를 골며 자고 있었어!"

"여기 일곱 시 전에는 돌아올 수 있어. '퇴거'가 여섯 시니까. 퇴거는 누구를 집에서 쫓아낸다는 뜻이야."

"이런 일을 어떻게 알아냈어?"

"저니나 휴대폰을 보고 알았어. 저니나는 휴대폰을 정말 좋아해. 항상 보고 있어. 휴대폰도 두 대야. 하나는 사업용이고, 하나는 개인용이야. 내가 저니나 손가락 움직임을 보고 비밀번호를 알아냈어. 저니나 생일이야. 생일이 언제인지 알아?"

"크리스마스 날?"

바비가 놀란 얼굴로 나를 보았다.

"어떻게 알았어? 마음을 읽어?"

나는 그저 빙긋 웃기만 했다. 바비가 말을 계속했다.

"맞아. 1975년 12월 25일. 751225가 비밀번호야. 저니나는 아주 바빠. 돈벌이에, 일에, 항상 자기 말대로 하라고 사람들한테 소리를 질러. 그리고 두 휴대폰 중 하나를 아무 데나 둘 때가 많아. 어제 학교에 가기 전에 저니나가 휴대폰에 대고 소리를 지르고 있었어. '지금 보내는 문자나 잘봐 둬. 그 헛간 같은 집이 어디인지, 몇 시에 박살 낼지 알려 줄 테니까!' 그리고 저니나는 아빠가 불러서 아빠한테 갔고, 휴대폰을 잠시 그 자리에 뒀어. 그때 내가 비밀번호를 입력하고 알아냈어. 르로이 아저씨를 아침 여섯 시에 쫓아낸다는 걸. 그리고 그 아파트 건물을 철거한다는 걸."

"철거? 철거가 뭐야?"

"부수는 거! 택시에서 더 자세히 얘기할게. 20분 안에 거기 도착해야 해. 공원 너머에 있어. 일이 끝나면 내가 택시로 다시 호텔에 데려다줄 게. 일곱 시 전에 돌아올 거야!"

혼자 밖에 나가면 선생님이 정말 화낼 텐데……. 그렇지만 좋은 일을 하는 거니까 선생님도 이해하겠지. 돈 많은 사람이 가난한 사람을 해치지 못하게 막으러 갔다고 메시지를 남기면 선생님도 이해할 거야. 그리고 한 시간 안에 돌아온다는 말도 메시지에 덧붙여야지. 그러면 틀림없이 이해하겠지.

"정말 일곱 시 전에 돌아올 수 있다고 약속하면……."

"약속해."

"좋아! 길거리로 쫓겨나지 않게 막으러 가자!"

바비는 빨리 비상계단을 찾아야 한다고 말했다. 복도 끝에 '비상구'라고 적힌 표지판이 달린 문이 보였다. 그곳으로 달려갔다. 문을 열자, 무시무시한 것이 보였다. 벌레들이 바닥에 잔뜩 깔려 있었다!

바비가 소리쳤다. "바퀴벌레야!"

나는 놀라서 물었다. "바퀴벌레가 뭐야?"

"뉴욕의 공식 벌레야! 뉴욕 어디에나 있어. 가자, 뚫고 지나가야 해. 위험하지는 않아. 보기에 징그러울 뿐이야!"

"그렇지만 밟고 지나가면 죽잖아. 죽이면 안 돼."

바비가 당황하며 말했다. "그럼 어쩌려고?"

아이디어가 번쩍 떠올랐다. 나는 바퀴벌레들 옆에 쪼그려 앉았다. 수백 마리가 넘는 것 같았다. 태블릿 목소리를 켜고 볼륨을 높여서 말했다.

"길을 비키세요! 부탁해요!"

바비가 소리쳤다. "미쳤어?"

그러나 바퀴벌레들이 사방으로 흩어졌다!

"가자!" 나는 바퀴벌레들이 흩어진 빈틈으로 바비를 당기며 말했다. 계단을 서둘러 내려갔다. 녹슨 문이 있었다. 바비가 몸으로 문을 밀었다. 우리는 골목으로 나왔다. 쓰레기통들이 늘어선 골목이었다.

바비가 말했다. "아, 더러워. 어떻게 이런 호텔에서 자?"

"왜? '펑키'하고 좋아!" 나는 새로 배운 단어를 써먹었다.

"펑키는 싸구려인데 멋지게 보이려고 애쓰는 걸 뜻해. 여기는 싸구려야."

"전에도 그 말을 하더니 또 그러네. 나는 싼 것도 좋아. 비싼 것만 좋다고 생각하는 태도는 버려야 해."

쓰레기들을 지나 큰길로 이어지는 작은 도로로 나왔다. 택시가 멀리서 달려왔다. 바비가 손을 들어 소리쳤다. "택시!"

택시가 끽 하고 멈췄다. 안에 올라탄 뒤 바비가 기사한테 말했다.

"104스트리트 3번가요. 빨리 가야 해요! 부탁드려요!"

총알같이 달려갔다.

나는 안전벨트를 매며 말했다. "정말 빨리 달리네."

"여기는 뉴욕이야. 뭐든 빨라! 그리고 빨리 가서 아파트를 구해야 해!"

"르로이 아저씨도!"

"아파트도 구하고 르로이 아저씨도 구해야 해. 르로이 아저씨는 우리 아버지 운전사였어. 그런데 반년 전에 아빠가 저니나랑 결혼한 뒤 르로이 아저씨가 일을 그만두게 됐어. 르로이 아저씨는 우리 집에서 20년이

나 일했어. 나는 매일 아저씨가 태워주는 차를 타고 학교에 다녔어. 여름이면 햄프턴에 있는 아빠 별장에 갔는데, 그때도 아저씨가 같이 갔어."

"햄프턴이 어디야?"

"롱아일랜드에 있는 해변인데, 부자들이 가는 곳이야."

"그러니까 르로이 아저씨랑 같이 보낸 시간이 많겠네?"

"나한테는 아빠 같은 분이야. 엄마가 사라진 뒤로는 더더욱."

"엄마는 왜 사라지셨어?"

"저니나 때문이야. 저니나는 아빠를 만난 뒤로 엄마랑 헤어지라고 재촉했어. 저니나가 아빠한테 엄마 험담을 했어. 엄마가 하는 일에도 문제가 생겼어. 그러다가 어느 날, 엄마가 갑자기 사라졌어. 아빠는 엄마가 잘못한 일이 있어서 멀리 도망쳤다고 말해."

"무슨 잘못을 하셨는데?"

"나도 몰라. 아무도 나한테 알려 주지 않아. 엄청난 잘못을 저질렀다는 말만 해. 저니나는 르로이 아저씨를 해고했어. 저니나는 아저씨가 돈을 훔쳤다고 아빠한테 말했어. 그러면서 '흑인이잖아. 흑인은 다 도둑놈이야.'라고 했어."

나는 입이 떡 벌어졌다.

내가 물었다. "정말 그렇게 끔찍한 말을 했어?"

"응, 정말이야. 그런데 아빠가 저니나 편을 들었어."

"인종차별이라는 말을 알지?"

"당연히 알지! 학교에서도 배워. 남북전쟁에 대해서도 배워. 남부가 노예제를 계속 원해서 북부가 남부와 맞서게 된 것도."

내가 말했다. "인종차별은 아주 나빠. 똑똑한 사람은 다 알아. 피부색이나 종교, 어느 나라에서 왔는지, 어떤 민족인지에 따라 사람을 평가하면…… 잘못된 일이야! 르로이 아저씨가 백인이 아니어서 돈을 훔쳤다고 말한 건…… 정말 끔찍한 일이야."

"돈을 훔쳤다는 게 거짓말인 것도 문제야. 아빠도 거짓말인 걸 알아. 그런데 아빠는 저니나가 시키는 대로 했어. 그리고 르로이 아저씨가 하던 일을 못된 사촌 이고르한테 넘겼어. 르로이 아저씨는 이제 나이도 많고 일자리를 찾기도 힘들어. 이스트할렘에 있는 낡고 좁은 아파트에서 살고 있어. 그런데 저니나가 그 아파트마저 부수겠다는 거야. 거길 부수고 새 빌딩을 짓겠대."

"이걸 다 어떻게 알았어?"

"내가 아까 친구가 하나도 없다고 말했지만, 사실 르로이 아저씨가 나한테는 좋은 친구야. 일주일에 두세 번은 내가 아저씨를 찾아가. 아무도 몰래 가야 해. 그런데 내가 방과 후에 아저씨를 만나는 걸 열흘 전에 저니나한테 들켰어."

"이고르가 데려가고 데려오면……."

"이번 학기가 시작될 때 아빠한테 말했어. 나도 이제 열한 살이고, 다른 애들처럼 버스를 타고 학교에 가겠다고. 두 블록만 가면 버스정류장이거든. 버스에서 내리면 학교가 가깝고. 저니나는 네 시까지 집에 와야 한다고 말했어. 나는 학교 연극에 참여해서 다섯 시 반까지 연극 연습을 한다고 말했어. 그래서 수업이 끝난 뒤에 르로이 아저씨한테 음식과 돈을 가져가서 한 시간쯤 아저씨랑 놀 수 있었어."

"어떻게 돈을 드려?"

"간단해. 아빠가 나한테 신용카드를 줬어. 일주일에 500달러는 내 맘대로 써도 된다고 했어."

500달러면 몇 유로인지 계산했다. 일주일에 450유로! 그 큰돈을 혼자 쓴다고? 미쳤어!

내가 물었다. "매주 그 돈을 다 썼어?"

"놀라지 마. 아빠는 억만장자야. 아빠가 나한테 돈을 주는 건…… 나랑 시간을 못 보내는 게 미안해서 그러는 거야. 어쨌든 나한테 쓰는 돈은 없어. 르로이 아저씨한테 매주 300달러를 드리고 100달러쯤 먹을 걸 사 드릴 뿐이야."

"멋지다."

"사람은 친구를 도와야 해. 저니나가 어느 날 방과 후에 이고르를 시켜서 나를 미행했어. 이고르는 내가 아저씨 집 근처에서 음식을 사는 걸 봤어. 그리고…… 일이 다 틀어졌어. 저니나는 인터넷으로 내 신용카드 사용 내역을 확인하고, 아저씨가 해고된 뒤로 내가 아저씨한테 돈을 준 걸 알아냈어. 그리고 이고르한테 나를 계속 감시하라고 명령했어. 나는 혼자 외출할 수도 없게 됐어. 저니나가 아파트 건물을 부수고 아저씨는 길거리로 나앉게 된 걸 알았을 때, 그러니까 어제, 학교에 가면서 이고르한테 오늘 방과 후에 야구 연습이 있으니까 야구를 하는 리버사이드파크로 데리러 오라고 말했어. 수업이 끝나는 세 시 반에도 이고르가 학교 앞에서 기다릴 거 같아서, 두 시 역사 수업 때 학교를 빠져나왔어. 정문이 아닌 옆문으로 몰래 나왔어."

"너는 뒷문이나 옆문을 잘 아는구나!"

"나는 뉴욕 사람이니까! 아빠가 그랬어. '뉴욕 사람이 똑똑한 건 지름길을 잘 알기 때문이다.'"

내가 말했다.

"그렇지만 지름길은 쉬운 길을 택하는 거 아니야? 문제를 피하고, 다른 사람은 지고 자기만 이기는 길을 가는 거 아니야?"

바비가 나를 보며 눈썹을 치켜올렸다.

"내가 제일 똑똑한 줄 알았더니…… 아니네."

택시가 섰다. 작은 붉은 벽돌 건물 앞이었다. 건물은 상태가 나빴다. 벽돌 벽 곳곳이 부서졌고, 판자로 막은 창문이 많았다. '철거 예정! 접근 금지!'라고 적힌 팻말이 정문 앞에 붙어 있었다. 이 건물 주위로 다른 건물들은 이미 부서져서 폐허만 남았다.

건물 벽 곳곳이 부서졌고, 판자로 막은 창문이 많았다.

내가 말했다. "끔찍하네."

"정말 끔찍해." 바비가 신용카드로 택시비를 내며 말했다. 열한 살에 신용카드를 갖고 있다니! 그래도 나의 새로운 친구가 착한 사람인 건 분명했다. 이 낡고 우울한 건물에 몇 주 동안 친구를 보러 온 사람이니까. 친구가 살아갈 수 있도록 돈과 음식을 준 사람이니까.

택시에서 내린 뒤 바비가 말했다. "미리 말해 둘게. 르로이 아저씨는 일자리를 잃고 집에서 지낸 뒤로 너무 많이 먹고 계속 슬픈 상태야. 르로이 아저씨는 미래가 없다고 생각해. 르로이 아저씨가 지낼 집을 새로 찾을 때까지 철거를 취소하겠다는 약속을 저니나한테서 받아 내야 해. 그렇게 약속하기 전까지는 르로이 아저씨와 함께 이 집에서 움직이지 않겠다고 버텨야 해."

건물 안에서는 나쁜 냄새가 났고, 문을 열자마자 고양이들이 끝없이 나타났다.

고양이들은 우리를 보고 쉿쉿거렸다.

아파트 건물 안에서는 나쁜 냄새가 났다. 문을 열자마자 고양이들이 끝없이 나타났다. 빈 아파트에는 고양이들이 들어와서 살고 있었다. 고양이는 서른 마리쯤 됐고, 배고파 보였다. 배변 상자도 없으니 냄새가 고약했다. 나는 태블릿 목소리로 '우리는 친구야.'라고 고양이들을 안심시켰지만, 고양이들은 우리를 보고 쉭쉭거렸다.

내가 말했다. "나중에 고양이들한테도 먹을 걸 주자."

바비가 말했다. "저니나가 건물을 철거하면 고양이들을 동물 보호소에 데려가서 안락사시킬 거야."

"끔찍해. 고양이들도 구해야 해!"

르로이 아저씨가 사는 곳은 2층이었다. 계단은 삐걱거리고 흔들거렸다. 금방이라도 주저앉을 것 같았다. 문은 열려 있었다. 바비가 문을 두드리며 아저씨를 불렀다. 우리는 안으로 들어가 문을 닫았다. 바비의

르로이 아저씨는 체구가 작고, 머리는 은발에, 주름이 아주 많았다.

말대로 아파트는 아주 좁았다. 침대 하나, 개수대 하나, 냉장고, 냄비가 있는 작은 핫플레이트와 커피메이커, 그리고 옷가지가 걸린 옷걸이. 바비 아버지의 운전사 시절에 입었을 정장 두 벌도 보였다. 잘 다린 흰색 셔츠, 넥타이, 흰 티셔츠들. 르로이 아저씨는 체구가 작았다. 머리는 은 발이고, 주름이 아주 많았다. 눈은 다정하지만, 지금은 불안해 보였다.

르로이 아저씨가 말했다. "얘야, 내가 오지 말라고 했잖아."

"그렇지만 제가 말했잖아요. 아저씨 혼자 이런 일을 겪게 하지 않겠다고요."

"누구랑 같이 왔니? 사귀는 아이니?"

나는 태블릿 목소리로 말했다. "그냥 친구예요." 그리고 내 이름과 어디에서 왔는지 말했다.

"오로르, 넌 지금 네 침대에 있어야지, 여기가 아니라. 곧 종이 상자에

우리가 아저씨를
길거리에서 주무시게
두지 않을 거예요.

서 살게 될 불쌍한 늙은이와 있을 게 아니라."

"늙은이라고 하지 마세요! 그리고 길거리에서 주무시게 두지 않을 거예요."

르로이 아저씨가 웃으며 말했다. "프랑스 소녀가 배짱이 넘치는구나!" 그리고 기침을 계속했다.

바비가 말했다. "기침 소리가 점점 나빠져요."

"40년 동안 담배를 피우면 이렇게……."

내가 말했다. "지금이라도 끊으세요!"

"그래서 뭐 하니. 더구나 이제 나는 시궁창에서 살 텐데."

바비가 말했다. "여기서 벗어날 방법을 찾아야죠!"

"우리 착한 바비. 너희 집에서 유일하게 너는 심성이 고와. 그런데 이거 아니? 상황은 점점 더 나빠지고 있어. 그리고 내가 길거리에 나앉지 않게 막겠다는 사람은, 돈 많은 사람이 얼마나 악해질 수 있는지 모르는 어린아이 둘뿐이야."

르로이 아저씨가 말을 마치자마자 문을 쾅쾅 두드리는 소리가 났다. 정장 차림의 몸집이 큰 남자 세 명이 들어왔다. 그 남자들 뒤로 여자 한 명이 들어왔다. 키가 아주 컸다. 밝은 금발이었다. 얼굴은 진하게 화장하고, 팔에는 근육이 불끈불끈했다. 슈퍼 영웅 인형처럼 생겼다. 그리고 내가 본 어느 누구보다 이가 하얬다. 그 여자가 들어서자마자 바비는 겁먹은 얼굴로 르로이 아저씨 뒤에 숨었다.

저 나나가 소리쳤다. "여기 있을 줄 알았어! 간밤에 집에 들어오지 않았을 때부터 이 늙은 사기꾼이랑 같이 있을 줄 알았어!"

르로이 아저씨가 일어섰다. 슬픈 모습은 갑자기 정말 화난 모습으로

키가 아주 크고 밝은 금발에
얼굴은 진하게 화장하고 팔에는 근육이 불끈불끈한
여자가 몸집이 큰 남자 세 명과 함께 들어왔다.

바뀌었다.

"나는 사기꾼이 아니야. 사기꾼은 당신이지."

정장을 입은 덩치 큰 남자들 중 한 명이 앞으로 나왔다. 재킷 안에서 뭘 꺼냈다. 총이다! 그러나 총구를 르로이 아저씨한테 겨누지는 않고, 총 손잡이로 르로이 아저씨의 머리를 내리쳤다! 바비가 비명을 질렀다. 나는 너무도 무서웠다. 그렇게 겁에 질린 적은 없었다! 그렇지만 나쁜 남자들과 더 나쁜 저니나가 방에 들어서는 순간부터 나는 태블릿으로 쭉 녹화하고 있었다! 나는 르로이 아저씨가 머리에서 피를 흘리며 쓰러진 모습도 찍었다. 남자들한테 살인자라고 소리치고 저니나한테 괴물이라고 외치는 바비도 찍었다. 저니나는 바비의 얼굴을 잡고 앞으로 5년 동안 집에 가둬 두겠다고 소리쳤다. 바비는 저니나의 손을 물었다. 바비가 문으로 달려가 문을 막고 있는 덩치 큰 남자의 정강이를 걷어찼다. 나는 재빨리 바비를 뒤쫓았다.

저니나가 소리쳤다. "저것들 잡아! 저 태블릿 가져와!"

바비는 계단을 달려 내려갔다. 남자가 뒤를 쫓아 달려왔다.

나는 왼쪽을 보았다. 오른쪽을 보았다. 그리고 생각했다. 위로 달려갈 수밖에 없어. 그렇지만 위에 뭐가 있지?

"잡아!"

저니나가 다른 남자한테 소리쳤다. 권총을 가진 남자가 이제 나를 쫓아왔다! 남자는 빠르지만, 내가 더 빨랐다. 위로, 위로, 계단을 올라갔다. 세 층을 달려 올라갔다. 계단에는 구멍도 많았다. 구멍을 피해 달렸다. 뒤에서 남자가 소리치며 따라왔다.

"이 쥐새끼! 멈춰!"

나는 계속 달렸다.

그러다가 남자의 발이 계단 구멍에 빠졌다! 다행히 숨을 고를 시간이 생겼다. 남자는 욕을 계속 내뱉었다. 남자가 욕하면서 앓는 소리를 내는 걸 보니, 발이 몹시 아픈 것 같았다. 나는 계단 끝까지 왔다. 철제 문이 있었다. 몸으로 문을 밀었다. 문이 열리고 나는 옥상에 굴렀다. 더 갈 곳이 없다! 문을 닫았다. 그렇지만 문을 잠글 게 없었다! 얼른 생각해! 녹화한 동영상을 보내야 해! 도와줄 사람을 찾아야 해! 뉴욕에 있는 사람이어야 해! 그런데 누가 있지? 바지 뒷주머니에 손을 댔다. 명함이 만져졌다. 공항에 마중나왔던 친절한 아저씨! 살 아저씨! 나는 명함을 꺼내서 거기 적힌 번호를 태블릿에 입력했다.

도와주세요! 오로르.

문자 메시지에 동영상 파일을 첨부했다. 문이 열렸다. 두 남자가 나한테 달려왔다. 한 명은 다리를 절뚝거렸다. 남자는 나한테 총을 겨누며 소리쳤다.

"꼼짝 마!"

그러나 내가 이미 메시지의 '전송' 버튼을 누른 뒤였다.

"태블릿 내놔!"

절뚝거리는 남자, 나한테 총을 겨눈 남자였다.

"총 치워, 이 바보야!"

다른 남자였다. 이 남자는 조금 나이가 많았다. 총을 가진 남자나 저니나와 달리 미국 사람 같았다.

총잡이가 말했다. "우리를 다 찍었어."

"이제 태블릿을 손에 넣었으니까 괜찮아. 총 치워, 이고르!"

총잡이가 바로 이고르였다! 악한 이고르! 저니나의 사촌 동생!

이고르가 말했다. "동영상을 보냈을지도 몰라!"

다른 악당이 말했다. "그랬니, 아가야?"

나는 태블릿 목소리로 대꾸했다. "나는 아가가 아니야!"

이고르가 나한테 물었다. "말을 못해? 왜?"

"원래 못하니까! 내 태블릿으로만 말하니까."

문이 열리고 저니나가 성큼성큼 다가왔다.

저니나가 다른 남자한테 물었다. "태블릿 챙겼어?"

"멍청한 사촌한테 총을 치우게 하는 게 우선이었어요."

저니나가 나한테 다가왔다. "당장 태블릿 내놔."

나는 태블릿을 꼭 껴안았다. 태블릿이 없으면 나는 말을 못한다! 태블릿이 없으면 나는 엄마, 아빠, 다이안 선생님과 연락할 수 없다! 태블릿이 없으면 나는 사라진다! 태블릿은 절대로 누구도 못 가져간다!

저니나가 소리쳤다. "내 말을 거역하면 용서 안 해, 오로르!"

나는 놀라서 저니나를 보았다. "내 이름을 어떻게 알아요?"

"네 어린 친구를 때려서 알아냈어! 이제 네가 맞을 차례야."

나는 태블릿 목소리로 말했다. "나쁜 사람! 언젠가 죗값을 받을 거야! 르로이 아저씨한테 한 짓은 특히 더!"

저니나가 눈을 부릅떴다. 나는 저니나의 생각을 읽을 수 있었다. '이 아이는 너무 많이 알고 있어. 당장 입을 다물게 해야 해!'

갑자기 저니나가 내 뺨을 후려쳤다. 아주 세게. 나는 옆으로 쓰러졌다. 태블릿을 놓쳤다. 저니나가 태블릿을 집었다. 나는 무척 아팠지만 저니나한테 덤볐다. 이고르가 내 팔을 등 뒤로 꺾었다. 나는 태블릿이 없으니 말도 할 수 없었다. 그러나 이어폰이 내 귀에 있고 태블릿 통역 앱은 아직 작동 중이어서 사람들 말이 프랑스어로 내 귀에 다 들렸다! 내 뺨을 때려서 나를 쓰러뜨린 뒤 저니나가 말했다.

"쟤도 아래층으로 데려가서 남편 자식이랑 같이 자동차 트렁크에 집어넣어."

이고르가 씩씩대며 말했다. "기꺼이 그러죠."

그러나 다른 악당이 이고르를 막아서며 말했다.

"그 아이는 놔줘."

저니나가 말했다. "네가 뭔데 명령이야? 너는 내가 시키는 일을 하는 사람이야. 명령을 내리는 사람은 나야."

"남자아이를 트렁크에 넣은 것은 법에 어긋나지만 어쨌든 새엄마로서 가족 문제라고 변호사가 잘 변호하면 빠져나올 수 있을 겁니다. 하지만 이 아이를 트렁크에 넣으면 납치가 됩니다. 그러면 징역형을 피할 수 없습니다."

나는 이고르의 손에서 빠져나오려고 몸부림쳤다. 이고르는 뒤로 꺾은 내 팔을 더 높이 꺾었다. 나는 소리치고 싶었지만 목소리는 나오지 않았다.

다른 악당이 이고르의 어깨를 잡았다.

"이 여자애한테 그렇게 폭력을 쓰는 건 바보짓이야. 당장 놔주지 않으면 네 얼굴이 무사하지 못할 줄 알아."

이고르가 말했다. "해 봐, 이 멍청아!"

다른 악당은 권총을 꺼내 이고르한테 겨눴다.

"내가 못 쏠 거 같아? 어린 여자애를 폭행해서 너를 쐈다고 하면, 나는 무죄가 될 텐데?"

나는 소리치고 싶었다. '나는 어리지 않아요!' 또 한편으로는 총을 치우라고 말하고 싶었다.

"동영상을 보냈니?"

저니나가 내 눈앞에 얼굴을 들이밀고 물어보며, 내 태블릿 화면에 버튼을 누르는 시늉을 했다. 나는 거짓말을 좋아하지 않는다. 그렇지만 총을 가진 아주 나쁜 사람들, 총으로 사람 머리를 내리치고 내 친구를 자동차 트렁크에 넣은 사람들, 아주 나쁜 사람들 앞에서는 사실을 말하지 않아도 된다.

나는 고개를 가로저으며 입 모양으로 말했다. '아니.' 소리는 나오지 않았다.

저니나가 말했다. "말은 정말 못하는군. 적어도 그건 거짓말이 아니네."

다른 악당이 물었다. "프랑스 애죠?"

"바비가 그러는데, 자연사 박물관에서 만났대. 트렁크에 넣기 전에 때려서 들은 얘기야. 어쨌든 좀 맞더니 털어놓더군. 자연사 박물관에서 만나서 전화번호를 받았고, 싸구려 호텔에 찾아가서 사기꾼 르로이 이야기를 다 들려줬다고."

다른 악당이 말했다.

"르로이가 아무것도 훔치지 않은 건 당신도 잘 알고 있지 않나요? 당신이 다 지어낸 이야기잖아요. 이 건물 철거 계약이 제대로 지켜지지 않으면 수백만 달러를 잃을 것도 잘 알고 있고요."

저니나가 말했다. "입 닥쳐, 루이스."

이제 그 다른 악당의 이름을 알았다. 악당이기는 해도 여기서 지금 나를 지켜 주는 사람은 이 루이스뿐이었다.

루이스가 말했다. "어린애는 그냥 어린애예요. 그리고 쟤는 프랑스인이고. 그 동영상을 어디 보내겠어요? 뉴욕타임스 신문사? 쟤는 놔줘요. 그게 현명합니다. 안 그러면 더 큰 곤경에 빠질 겁니다."

저니나가 이리저리 걸어 다니며 생각했다.

'이 건물을 오늘 오후 다섯 시까지 철거하지 않으면 손실이 2천만 달러로 끝나지 않을걸. 4천만 달러는 손해를 볼 거야.'

저니나는 태블릿을 들고 나를 한참 노려보았다. 그리고 자기 말이 통역되는 것을 확인했다.

"이 태블릿은 내가 갖고, 너는 내보낼게. 누구한테든 한마디라도 뻥끗하는 날에는 뉴욕을 못 벗어날 줄 알아. 경찰에 신고하면 바비는 두 번 다시 돌아올 수 없는 세상으로 갈 거야. 동영상을 아무 데도 안 보냈다는 말은 못 믿겠어. 그렇지만 이것만 명심해. 이 동영상을 퍼뜨리면, 바비는 죽어!"

루이스가 저니나와 나 사이에 끼어들었다.

루이스가 말했다. "아이는 당장 내보냅시다."

나는 고개를 가로저었다. 곧이어 똑바로 일어섰다. 저니나한테 달려들어 태블릿을 뺏으려 했다. 루이스가 내 어깨에 손을 얹으며 나를 막고 말했다.

"얘야…… 내 말을 알아듣는지 모르겠지만…… 네가 이길 수 있는 상황이 아니야."

"얘는 다 알아들어. 내 말도 다 알아들었고. 이고르, 얘를 아래층으로 데려가. 100달러 쥐여 주고 택시에 태워. 센트럴파크 동물원에 내려 주라고 해. 오로르, 100달러면 택시비를 내고도 돈이 많이 남아. 그 돈으로 동물원에서 재밌게 놀아. 대신 다섯 시까지 동물원에 있어야 해. 바비한테서 들었는데, 호텔에 네 선생이 있다면서? 우리가 그 호텔을 감시할 거야. 다섯 시 전에 네가 호텔에 가면, 바비는 죽어. 다섯 시가 지나면 동물원을 나와서 택시를 타고 호텔로 돌아가. 그때는 네가 선생한테 얘기하건 말건 상관없어. 어차피 네 이야기는 아무도 안 믿을 테니까. 그리고 르로이는 이 건물에 둔 채로 건물을 부술 거야. 바비는 뉴욕에서 멀리 떨어진 곳에 가둬 둘 거고. 넌 그냥 이상한 이야기를 지어내는 거짓말쟁이가 되겠지. 어쨌든 바비를 살리려면 너는 다섯 시까지 동물원에 있어. 그리고 태블릿은 나중에 엄마한테 새로 사 달라고 해."

나는 루이스를 보았다. 루이스의 생각을 읽을 수 있었다.

'이 아이가 똑똑해야 할 텐데……. 저니나는 위험해. 제정신이 아니야. 이 계약을 제대로 마무리하려고 뭐든 할 사람이야. 자기 의붓아들도 기꺼이 죽일 사람이야. 경찰에 신고해야 해. 그렇지만 나한테는 애들

이 있어. 그리고 저니나는 내가 전과자라는 것도 알고. 아, 어쩌다가 이런 일에 휘말렸지?'

저니나가 나한테 말했다.

"저 멍청한 전과자는 쳐다보지 마. 나를 봐. 내 말 다 이해했지? 네가 경찰에 신고하거나 다섯 시 전에 호텔로 돌아가서 선생을 만나면 바비는 죽는다. 이해했지?"

나는 고개를 끄덕였다. 아주 힘든 상황이었다. 르로이 아저씨는 머리를 그렇게 세게 맞고 아직 살아 있을까? 살아 있어야 할 텐데……. 살아 있다면, 르로이 아저씨를 어떻게 구하지? 그리고 바비는 어떻게 구하지? 이 건물을 오늘 오후 다섯 시에 부순다면……!

저니나가 이고르한테 말했다. "애 데려가!"

나는 헛된 희망인 줄 알면서도 루이스가 나를 도와주기를 바라며 루이스를 다시 쳐다보았다. 그러나 루이스는 고개를 흔들며 말했다.

"미안하다. 나도 어쩔 수 없어. 저니나가 시키는 대로 해. 그리고 바비는 내가 꼭 다치지 않도록 지킬게."

저니나가 소리쳤다. "입 닥쳐!" 그리고 이고르한테 나를 데려가라고 고갯짓한 뒤 내 태블릿을 자기 옆구리에 꼈다. 이고르는 내 어깨를 꽉 쥐고 계단을 내려갔다. 르로이 아저씨 아파트에는 문이 조금 열려 있었다. 바닥에 늘어져 있는 아저씨 다리가 보였다. 이고르가 나를 밀었다.

우리는 거리로 나왔다. 세 번째 악당이 커다란 검은색 자동차 앞에 서 있었다. 자동차 안에서 쿵쿵 두드리는 소리가 들렸다. 바비였다! 이고르는 나의 겁먹은 표정을 보고 사악한 미소를 지었다. 그리고 다른 남자한테 내가 알아들을 수 없는 말로 이야기했다. 바비는 트렁크 뚜껑을 계속 두드렸다. 정말 트렁크 안에 갇혀 있었다! 이고르가 20달러짜리 지폐 다섯 장을 셌다. 100달러! 내가 곱셈을 잘하는 걸 보면, 조지안느 선생님이 기뻐하겠지!

이고르가 손을 들어 택시를 세웠다. 문을 열고 나한테 들어가라고 손 짓했다. 나는 이고르가 시키는 대로 했다. 이고르는 운전석 창문을 톡톡 치고 몸을 숙여 택시 기사와 이야기하고 돈을 주었다. 그리고 나를 향해 뭐라 협박하는 말을 했다.

이제 태블릿이 없으니 나는 이고르의 말을 알아들을 수 없었다. 그러

이고르가 택시를 세워 문을 열고 나한테 들어가라고 손짓했다.

나 모르는 언어라 해도 말투를 들으면 무슨 뜻인지 대충 알 수 있다.

나는 이고르의 말을 추측했다.

'명심해. 우리가 시킨 대로 해야 네 친구가 살아. 아니면 죽어!'

이고르는 택시 문을 쾅 닫았다. 택시가 출발했다.

나는 좌석에 몸을 깊이 묻었다. 눈을 감았다. 불쌍한 바비. 불쌍한 르로이 아저씨. 다이안 선생님은 지금 나를 얼마나 걱정하고 있을까. 지금 당장 호텔로 가서 경찰에 신고해야 하지 않을까. 그렇지만 태블릿이 없으니 말을 할 수 없어! 전화번호도 태블릿에 다 저장돼 있고 외우지는 못하니까 누구한테 문자 메시지를 보낼 수도 없어! 호텔이 104스트리트에 있는 건 기억하지만 다섯 시 전에는 호텔에 갈 수도 없어. 저니나가 호텔을 감시한다고 했어. 내가 다섯 시 전에 호텔에 나타나면 바비를 죽인댔어!

눈을 떴다. 택시 기사가 백미러로 나를 보고 있었다. 택시 기사는 내가 왜 이렇게 두려워하는지 궁금히 여기고 있을까? 왜 쓰러져 가는 건물 앞에서 성난 남자가 나를 택시에 밀어 넣고 돈을 주며 동물원에 데려가라고 했는지 궁금히 여기고 있을까? 나는 기사한테 경찰서로 가자고 말하고 싶었다. 그렇지만 말할 수 없었다! 내가 경찰을 찾아간 걸 저니나가 알게 되면…….

자동차 트렁크에 갇힌 바비가 계속 생각났다. 내가 뭘 할 수 있지? 어떻게 해야 하지?

바로 그때 깨달았다. 내가 말할 수 있는 곳에 가야 해. 내가 뭘 해야 할지 같이 머리를 맞대고 생각할 친구가 있는 곳으로 가야 해. 나는 눈

을 감고 귀를 손으로 막고 계속 말했다. 참깨…… 참깨…… 참깨…….

눈을 다시 뜨자…… 뿅!

낮이었다. 나는 오브와 함께 카페에 있었다. 생제르맹데프레에 있는, 아주 맛있는 코코아를 파는 그 카페였다. 그리고 그 카페에 있던 고양이 아보카도 있었다!

오브가 말했다. "네가 어디로 갔는지 궁금했어!"

"뉴욕에 있었어!"

"좋겠다! 뉴욕은 나도 가 보고 싶은 곳이야!"

아보카가 다가와서 내 머리에 자기 머리를 비볐다.

아보카가 말했다. "보고 싶었어. 내 주인인 사르트르는 미국인은 모두 미쳤다고 말했어."

카페 점원이 우리 테이블로 와서 말했다.

"네 주인 사르트르는 아무한테나 불평해. 특히 미국인한테는 더 그래. 그렇지만 나는 미국인이 좋아!"

내가 말했다. "나도 미국인이 좋아요. 나쁜 사람들은 빼고."

오브가 말했다. "나쁜 사람은 어디에나 있어."

아보카가 말했다. "누구한테나 좋은 면도 있고 나쁜 면도 있어. 어떤 면에 더 지배되는가가 문제지. 좋은 면에 지배되느냐, 나쁜 면에 지배되느냐."

점원이 말했다. "아보카는 늘 철학자야. 오로르, 코코아 줄까?"

"코코아 정말 좋죠! 그렇지만 지금은 시간이 없어요."

점원이 멀어지며 말했다. "저런! 그럼, 다음에!"

오브가 물었다. "왜 시간이 없어?"

나는 바비와 르로이 아저씨, 끔찍한 저니나와 그 사촌 이고르 이야기를 들려주었다.

아보카가 말했다. "이고르라는 이름은 늘 수상쩍어. 악당 조연에 그 이름이 정말 많이 쓰여."

오브가 말했다. "그렇지만 그 저니나라는 여자가 얼마나 나쁜지 이고르는 차라리 백설공주 같아."

나는 오브한테 말했다. "내가 어떻게 해야 하지? 나는 지금까지 뭘 해야 할지 모른 적이 별로 없어."

아보카가 말했다. "살면서 그런 순간이 오지. 중대한 선택과 마주하는 순간. 다른 사람들, 괴롭히는 사람들한테 굴복할 것인가, 아니면 올

이고르라는 이름은
늘 수상쩍어.

바르다고 믿는 일을 할 것인가."

오브가 말했다. "그렇지만 아보카, 오로르가 경찰서에 가거나 호텔에 가면, 바비한테 끔찍한 일이 일어나잖아."

아보카는 그 말을 잠시 생각했다.

"내가 이 테이블에서 저 테이블로 점프할 때 얼마나 오랫동안 골똘히 생각하는지 알아? 몸에 얼마나 힘을 줘야 하나, 어떻게 착지할까, 실수로 테이블에서 떨어지면 다른 사람이나 내가 정말로 다칠까? 오로르 너도 그래야 해. 철학자이자 변호사로서 말하는데, 남을 괴롭히는 사람과 맞설 때는 그 사람보다 앞서서 생각하는 게 제일 중요해. 호텔로 돌아갈 수 없고 경찰서에 갈 수도 없다면, 뉴욕에서 누구를 찾아갈 수 있을까?"

"공항에서 호텔까지 데려다준 착한 아저씨가 있어. 그 아저씨 명함도 받았어. 그래서 이고르가 르로이 아저씨를 때리고 저니나가 바비를 죽이겠다고 협박하는 걸 찍은 동영상을 그 아저씨한테 보냈어. 그렇지만 나는 지금 태블릿이 없어. 살 아저씨한테 어떻게 연락하지?"

아보카가 말했다. "뉴욕에 돌아가서 센트럴파크 동물원이 문을 열 때까지 기다려. 그다음에 휴대폰이나 태블릿을 가지고 있고 프랑스어를 할 줄 아는 사람을 찾아."

내가 말했다. "그렇지만 뉴욕에서는 모두가 영어를 써!"

오브가 말했다. "수첩이랑 펜이 있는 사람을 찾아서 '길을 잃었어요. 휴대폰 좀 빌려주세요.'라고 적어. 그 사람이 프랑스어를 못 읽으면, 전화가 필요하다고 몸짓으로 말해."

내가 말했다. "좋은 생각이야! 그런데 살 아저씨한테 연락한 다음에는 어떡해? 건물을 부수기 전까지 몇 시간밖에 여유가 없어. 어떻게 막지?"

아보카가 오브의 코코아 잔에 얼굴을 묻고 크게 몇 모금을 혀로 핥아 마셨다. 그리고 앞발로 입을 닦았다.

아보카가 말했다. "미안해, 미안해. 그렇지만 나는 깊게 생각하려면 정말 맛있는 코코아를 마셔야 해. 그래야 모든 게 더 확실해져."

오브가 아보카의 두툼한 털을 쓰다듬으며 말했다. "아니, 그냥 달콤한 걸 좋아하는 거지!"

아보카가 말했다. "그래, 그 말도 맞아! 어쨌든 오로르, 내 조언은 이거야. 너는 형사야. 그리고 미국 추리소설을 보면, 범죄를 해결하려 할 때 이런 표현이 많이 나와. '돈을 따라가라.' 이게 지금 오로르 상황에도 잘 맞겠어. 무슨 뜻인지 알겠어?"

"이 모든 일 뒤에 가장 큰 힘을 쥐고 있는 사람을 찾아내라는 뜻이지? 건물을 철거하도록 돈을 대는 사람을 찾아내라."

아보카가 말했다. "바로 그거야!"

"그렇지만 이 건물 철거는 저니나가 하는걸."

아보카가 물었다. "그렇지만 그 돈은 어디에서 나올까?"

내가 말했다. "그 여자 남편이야. 바비의 아빠!"

아보카가 또 말했다. "바로 그거야!"

내가 말했다. "그럼 이제 그 사람을 찾아야지. 그런데 내가 아는 건 바비의 아빠라는 사실뿐이야. 태블릿이 없어. 통역도 못 하고, 말도 못해."

아보카가 말했다. "살이라는 사람한테 도움을 받아. 그리고 그 건물의 진짜 주인이 누구인지 얼른 찾아내. 바비의 아빠를 만날 방법도 찾아내고."

오브가 내 어깨에 손을 얹고 말했다.

"뉴욕은 아직 이른 아침이야. 너는 새벽 네 시 반부터 깨 있었어. 정말이지 코코아를 마셔야 해. 안 그러면 배고프고 기운도 못 차려."

모르는 목소리가 들렸다. 멀리서 들리는 목소리.

"얘야, 일어나. 도착했어!"

택시 기사 목소리였다. 나는 마음이 급했다.

"코코아 마실 시간이 없어. **힘든 세상**으로 돌아가야 해. 르로이 아저씨와 바비와 그 건물을 구하려면 시간이 얼마 안 남았어."

오브가 말했다. "나도 같이 갈까? 늘 우리가 같이 범죄를 해결했잖아."

내가 말했다. "총까지 가진 악당들이 있어. 네가 거기 가면 위험할 거 같아."

아보카가 말했다. "나도 그렇게 생각해. 이번에는 오로르 혼자 해결하는 게 좋겠어."

"애, 애야, 잠은 그만 자. 도착했어! 동물원이야!"

나는 오브와 포옹하며 인사했다. 아보카와 포옹하려 했지만 아보카는 나를 밀어냈다. 그래서 쓰다듬자, 가르랑거리는 대신 말했다.

"조심해! 꼭 다시 돌아와야 해."

오브가 내 팔을 잡았다. "여기에 안전하게 우리랑 있으면 좋겠다."

내가 말했다. "돌아가야 해. 최대한 빨리 여기에 다시 올게!"

나는 손으로 귀를 막고 되풀이했다. '골칫거리 세상으로…… 골칫거리 세상으로…… 골칫거리 세상으로…….'

이번에 내가 해결해야 할 골칫거리는 여태 마주한 문제들 중에서 제일 위험하다!

★

"애야!"

뽕!

나는 **힘든 세상**으로, 뉴욕으로, 택시 안으로 돌아왔다.

"애!"

눈을 떴다. 오래 잠잔 기분이었다. **참깨 세상**에 다녀오면 그것도 신기하다. 잠시만 다녀와도 푹 쉰 기분이 든다. 아주 차분해지고, **힘든 세상**에서 겪는 온갖 문제에 맞설 기운이 생긴다. 거기에 가면 내가 말도 할수 있고 정말 좋은 친구도 있고 문제나 걱정을 짊어진 사람은 아무도 없고 다른 사람한테 화내는 사람도 없기 때문이 아닐까.

"애, 동물원에 도착했어."

나는 택시 기사를 멍하니 보았다. 무슨 말인지 알아들을 수 없었다. 그렇지만 밖에 있는 입구를 보고 여기가 어디인지 짐작했다. '고맙습니다.'라고 말하려고 입을 열었지만 아무 말도 나오지 않았다. 나는 말을 못하기 때문이다.

택시 기사가 뭐라 말하며 돈을 건넨다. 나는 돈을 안 받겠다고 손을 내저었다.

"고맙다. 동물원에 가기에는 좀 이른 시간 아니니?"

적어도 내 생각에는 택시 기사가 그렇게 말한 것 같았다. 정문이 아직 굳게 닫혀 있었다. 너무 일찍 온 게 틀림없었다. 그렇지만 태블릿도 없고 손목시계도 없으니 시간을 알 수 없었다. 나는 아주 외롭고 무서웠다. 휴대폰이나 태블릿을 가진 사람을 못 만나면, 바비와 르로이 아저씨를 구할 시간이 점점 줄어든다!

동물원과 멀어지며 걸어갔다. 개를 데리고 산책 나온 할머니가 보였다. 손에 휴대폰을 들고 있었다. 좋은 소식이다! 나는 할머니한테 다가갔다. 미소를 지으려 애썼다. 그렇지만 할머니는 나를 보고 눈살을 찌푸렸다. 내가 휴대폰을 빌리고 싶다는 뜻을 몸짓으로 전하자, 할머니는 이상한 사람을 보는 눈빛으로 나를 보았다. 나는 할머니의 말을 알아들을 수 없었으므로 그 말투로 뜻을 짐작했다.

"너처럼 이상한 아이한테 휴대폰을 빌려줄 것 같아? 네 엄마한테 가!"

할머니는 개와 함께 사라졌다. 정장을 입고 커다란 서류 가방을 든 남자도 손에 휴대폰을 들고 있었다. 그 남자의 주의를 끌려 애썼다. 실패했다. 핫도그라는 걸 파는 리어카를 끄는 남자가 지나갔다. 미국에서는 정말 뜨거운 개를 먹으라고 팔아? 그 남자의 손에는 휴대폰이 보이지 않았다. 얼굴도 아주 심술궂어 보였다. 나는 아무 말도 하지 않았다. 갑자기 어깨에 누가 손을 얹었다. 나는 놀라서 펄쩍 뛰었다. 악당인 줄 알았다. 내가 휴대폰을 빌리려는 걸 알아채고 악당이 나를 쫓아왔나? 뒤를 돌아보았다. 아주 다정한 얼굴에 머리가 은발인 아주머니가 서 있었다. 아주머니는 긴 꽃무늬 원피스를 입고 커다란 갈색 안경을 썼다. 어깨에는 커다란 갈색 가방을 메고, 자전거를 끌고 있었다.

아주머니가 말했다. "길을 잃은 것 같네."

이번에도 나는 아주머니의 말을 짐작했다. 아주머니는 다정한 미소를 지었다. 기분 좋은 미소였다. 나는 주머니에서 살 아저씨 명함을 꺼냈다. 아주머니가 눈을 가늘게 뜨고 명함을 보았다.

"이 사람한테 전화할까?" 아주머니는 누구한테 전화하는 듯한 몸짓도 지었다.

나는 고개를 끄덕였다.

"이분이 아버지니?"

나는 알아들을 수 없어서 고개만 갸웃거렸다.

"말을 못하니?"

그 말은 알아들었다. 그래서 손가락으로 톡톡 치는 손짓을 했다.

"아, 내 휴대폰에 뭘 쓰고 싶어?"

아주머니가 가방에서 휴대폰을 꺼냈다. 그리고 나한테 건네는 듯한 몸짓을 하고, 손가락으로 두드리는 손짓도 했다. 그제야 나는 빙그레 웃었다! 그리고 계속 고개를 끄덕였다. 아주머니가 휴대폰 화면을 몇 번 누른 뒤에 나한테 휴대폰을 건넸다. 나는 다시 방긋 웃으며 입 모양으로 말했다. 'Merci!(고맙습니다)' 이번에는 아주머니가 어리둥절한 표정을 지었다. 나는 그 단어를 휴대폰에 찍어 아주머니한테 보여주었다.

"프랑스 사람이니?"

그 말도 알아들었다. 나는 또 여러 번 고개를 끄덕였다. 그리고 휴대폰에 적었다.

"도와주세요. 명함에 있는 연락처로 전화해서 여기로 저를 데리러 오라고 말해야 해요."

나는 전부 프랑스어로 썼다. 아주머니가 읽고 미소를 지은 뒤, 휴대폰에 뭐라 적고 나한테 보여 주었다. 프랑스어였다!

"내가 훨씬 젊을 때 파리에서 여름을 보낸 적이 있어. 그때 프랑스어를 배우기는 했지만 지금은 기억이 잘 안 나. 네가 쓴 건 번역 앱을 써서 영어로 번역해서 볼게. 내가 너한테 영어로 쓴 것도 프랑스어로 번역해서 보여 줄게."

아주머니는 휴대폰을 몇 번 눌러 내가 쓴 글을 영어로 바꿔 읽었다. 그리고 조금 걱정하는 표정을 지었다.

아주머니가 물었다. "이름이 뭐야?"

아주머니는 그 질문을 휴대폰에 적고, 프랑스어로 바꿔서 나한테 보여주었다. 우리는 그렇게 대화를 시작했다. 영어를 프랑스어로, 프랑스어를 영어로. 다 번역 앱을 통했다. 나는 내 이름을 알려 주었다. 아주머니는 자기 이름이 버지니아라고 했다.

"그럼, 전화할 이 사람……." 버지니아 아주머니가 눈을 가늘게 뜨고 명함을 보았다. "이 살이라는 분이…… 네 아버지니?"

나는 고개를 가로저었다.

"꼬치꼬치 캐묻기는 싫지만, 너는 아주 어리고, 혼자 이런 이른 아침에 공원에 있으니까 물어보지 않을 수 없어."

"저는 열한 살이에요. 그렇게 어리지 않아요!"

"부모님은 어디 계셔?"

"프랑스에 있어요. 뉴욕에는 선생님과 같이 왔어요."

"선생님은 어디 있어?"

"호텔에서 자고 있어요."

"그런데 왜 센트럴파크에 혼자 왔어? 살이라는 분은 누구야?"

나는 다이안 선생님과 내가 컬럼비아 대학교에 연설하러 왔고, 살 아

저씨는 우리를 공항에서 태워 준 기사라고 설명했다.

"나도 컬럼비아에서 공부했어! 교육대학교를 나왔어. 정말 거기서 연설하니?"

나는 고개를 끄덕였다.

"실례가 되는 질문이지만…… 말을 못한다면서 연설은 어떻게 하려고?"

그래서 나는 내 태블릿으로 말할 줄 안다고 설명했다. 그런데 아주 나쁜 사람한테 태블릿을 빼앗겼고 태블릿이 없어서 아무하고도 대화할 수 없다고 설명했다.

"누가 네 태블릿을 빼앗았다고?"

나는 고개를 끄덕였다.

"끔찍한 일이네. 경찰에 신고해야 해!"

나는 생각했다.

안 돼. 경찰은 안 돼! 저니나가 알게 되면…… 그리고 분명히 저니나가 알게 될 거야. 경찰이 그 아파트 건물로 찾아가면 악당들이 저니나한테 알릴 테고, 그러면 저니나는 바비를 죽이겠지! 그렇지만 이 친절한 아주머니를 당황시키면 아주머니가 정말 경찰에 신고할지 몰라.

그래서 나는 말했다.

"살 아저씨가 다 알아서 할 거예요. 경찰에 신고하는 것도."

버지니아 아주머니는 내 말을 믿지 않는 눈치였다.

아주머니가 공원 벤치를 가리키며 말했다. "저기 가서 좀 앉자. 앉아서 살과 통화를 해 볼게."

내가 말했다. "좋아요!"

우리는 벤치에 앉았다. 아주머니가 명함을 달라고 했다. 실눈을 뜨고 명함을 보며 전화번호를 누르기 시작했다. 번호를 누르는 사이에도 몇 번이나 명함을 보며 맞게 누르는지 확인했다. 나는 아주머니의 생각을 읽었다. '참 이상한 이야기네. 그리고 가족도 아니고 공항에서 호텔까지 운전하러 온 사람을 믿어도 될까.'

몇 번 신호음이 울린 뒤 전화를 받는 목소리가 들렸다.

"안녕하세요!"

살 아저씨 목소리였다!

버지니아 아주머니가 말했다.

"살 쿠치나 씨인가요?"

"네, 접니다. 그런데 누구세요?"

아주머니가 전화기를 귀에 대고 살 아저씨와 통화했다. 아주 긴 통화였다. 아주머니가 통화를 마치고 나를 보며 말했다.

"음…… 살이라는 분은 정말 뉴욕 스타일이네! 그래도 좋은 분 같아. 월스트리트에 가는 손님을 내려 주고 곧장 여기로 오겠대. 길이 안 막히면 30분 안에는 도착한대. 동영상은 잘 받았다고 전해 달래. 그 사람들이 누구인지, 폭행을 당하는 사람은 누구인지 잘 모르겠지만……."

나는 말없이 땅만 내려다보았다. 이 친절한 아주머니한테 바비와 르로이 아저씨 일을 이야기하면 어떻게 될지 알 수 없었다. 아주머니도 내 마음을 이해한 것 같았다. 아주머니가 내 팔을 쓰다듬으며 말했다.

"나한테 말하지 않아도 돼. 살이 잘 도와줄 것 같구나. 어쨌든 살이 말하기로는 너한테 새 태블릿이 시급하게 꼭 필요하다더구나."

"나쁜 사람들이 제 태블릿을 가져갔어요. 제 태블릿은 오랫동안 제 일부였어요. 친구를 잃어버린 것과 다름없어요."

그리고 조지안느 선생님한테서 태블릿으로 말하는 법을 배우게 된 이야기를 상세히 들려주었다.

아주머니가 말했다. "나도 교사야. 그래서 그 얘기가 정말 마음에 와닿아. 참 대단한 이야기야."

"조지안느 선생님은 대단해요. 다이안 선생님도 아주 좋지만, 조금 엄격해요."

"내가 참견할 일은 아니지만, 다이안 선생님이 오로르한테 엄격한 건 오로르가 한 단계 더 올라서기를 바라서 그럴 거야."

"지금쯤 저를 걱정할 거예요. 다이안 선생님한테 연락할 수 있으면 좋겠어요."

아주머니가 말했다. "음…… 내 가방에 태블릿이 하나 있는데, 빌려줄까?"

나는 들떠서 눈이 반짝거렸다.

"정말 태블릿이 있어요???"

아주머니가 가방에서 흰색 태블릿을 꺼냈다. 화면에 조금 금이 가 있었다.

"몇 달 전에 떨어뜨려서 금이 갔어. 액정 화면을 새로 바꾸려면 돈이 많이 드는데 교사 월급은 많지 않아. 어쨌든 쓰는 데는 문제없어. 자, 받아."

아주머니가 나한테 태블릿을 건넸다! 그리고 필요한 앱을 얼마든지

다운로드해도 된다고 했다.

나는 아주머니를 꼭 껴안았다.

"고맙습니다! 고맙습니다! 고맙습니다!"

몇 분 뒤, 나는 클라우드에 저장된 내 정보와 앱을 모두 새 태블릿에 다운로드했다. 이제 다시 말할 수 있다! 프랑스어를 영어로 통역할 수도 있다! 그리고 태블릿 목소리를 써서 영어로 말할 수도 있다! 저장된 연락처도 모두 다운로드했다. 곧바로 다이안 선생님한테 이메일을 보냈다. 나는 무사하다고, 한밤중에 사라져서 정말 미안하다고, 그런데 지금은 심각한 범죄를 해결해야 한다고, 혹시 호텔 앞에서 검은색 정장을 입은 남자가 보이면 나한테 곧장 연락하고 경찰에는 신고하지 말라고 적었다.

잠시 후 선생님이 답장을 보냈다.

오로르! 제정신이니? 나는 30분 전에 잠에서 깬 뒤로 완전히 정신이 나가 있었어! 네 걱정 때문에! 프런트 직원한테서 바비가 찾아왔고 너와 같이 사라졌다는 말을 들은 뒤로는 걱정이 더 커졌어! 뉴욕에서 범죄를 해결한다고? 그게 무슨 말이니! 당장 돌아와! 곧장 나한테 연락하지 않으면, 나는 네 어머님과 아버님한테 연락할 거야!

내가 나도 모르게 얼굴을 찡그렸나 보다. 아주머니가 나한테 "나쁜 소식이야?" 하고 물었다.

그래서 나는 다이안 선생님한테서 받은 메시지를 아주머니한테 보여 주었다.

"정말 네가 범죄를 해결하려고?"

"정말이죠. 범죄를 해결하는 건 제가 하는 일이거든요."

바로 그때, 살 아저씨가 손을 흔들며 다가왔다. 옆에 다른 남자도 있었다. 호리호리한 몸에 재킷을 입고 넥타이를 맨 아저씨였다.

"안녕, 오로르! 아, 선한 사마리아인 버지니아 씨 맞죠?"

아주머니가 웃으며 말했다. "그냥 버지니아예요. 만나서 반갑습니다."

내가 태블릿 목소리로 살 아저씨한테 말했다. "태블릿도 빌려주셨어요!"

아주머니가 말했다. "네 태블릿을 되찾을 때까지 계속 써도 돼."

내가 말했다. "정말요?"

아주머니가 말했다. "그럼, 정말이지."

나는 아주머니를 꼭 껴안고 말했다.

"정말 다정하세요!"

"너도 정말 다정해, 오로르!"

살 아저씨가 버지니아 아주머니한테 말했다.

"전화번호는 아까 통화해서 알고 있고, 주소도 알려 주세요. 오로르의 태블릿을 찾으면 곧장 태블릿을 돌려드리겠습니다."

호리호리한 남자가 드디어 입을 열었다.

"오로르, 네 태블릿은 우리가 곧 찾아 줄게."

살 아저씨가 말했다.

"내 사촌 제리는 뭘 찾겠다고 말하면 꼭 찾아내. 왜 그렇게 확신하는지 알아?"

제리 아저씨가 재킷 주머니에서 배지를 꺼냈다. 배지에는 NYPD라고 적혀 있었다. 그 아래로 더 작게 'New York Police Department'라는 글자도 있었다. 뉴욕 경찰이다.

"나는 제리 프레스코발디 형사야."

나도 배지를 꺼냈다. 다행히 내가 저니나와 악당들한테 태블릿을 빼앗기기 전에 태블릿 뒤에서 배지를 꺼내 가지고 있었다. 나는 배지를 들어 보였다.

"저는 오로르 형사입니다."

★

　살 아저씨는 공원 입구 근처에 차를 세워 두었다. 우리는 버지니아 아주머니와 작별 인사를 나눴다. 나는 태블릿을 빌려줘서 고맙다고 말한 뒤 한 번 더 아주머니를 껴안았다. 자동차 쪽으로 가는데, 제복을 입은 경관이 살 아저씨의 차를 견인하고 있었다.

　아저씨가 소리쳤다. "안 돼요!"

　"자동차를 엉뚱한 데 주차했으니까 내 맘대로 처분할 수 있어요."

　제리 형사가 배지를 꺼내 들었다.

　"경찰 업무 중입니다."

　제복 경관이 물었다. "그런데 왜 자동차에 아무 표시도 안 했어요?"

　"위장 근무라는 말도 못 들어 봤어요?"

　"내가 그 말뜻도 모를 것 같아요? 내가 멍청이로 보입니까?"

　"그런 뜻으로 한 말이 아니에요. 얼른 견인차에 가서 우리 차를 돌려놓으라고 하세요. 지금 아주 위급한 임무를 수행 중입니다."

　제리 형사가 제복 경관의 배지를 노려보며 번호를 적었다. 제복 경관은 견인차에 손짓해서 자동차를 내려놓게 했다.

　경관이 말했다. "실례했습니다."

　제리 형사가 눈썹을 치켜세우고 말했다. "맞아요. 실례였어요."

5분 뒤, 우리는 파크 애비뉴를 씽씽 달려갔다. 제리 형사는 바비가 나를 데려간 곳 주소를 물었다. 나는 104스트리트 3번가라고 정확히 대답했다.

제리 형사가 말했다. "기억력이 참 좋구나." 나는 제리 형사의 생각도 읽었다.

'이 아이가 프랑스에서 정말 경찰과 일했겠다는 생각이 점점 커지네. 아직 나한테 말하지 않은 특별한 능력이 있는 게 아닐까.'

나는 다른 말은 하지 않고 이 말만 했다. "형사는 기억력이 좋아야 해

요. 그렇죠, 제리 형사님?"

"맞아, 오로르 형사. 이제 시간이 없으니 이 사건을 낱낱이 나한테 들려줘."

나는 태블릿 목소리로 전부 이야기했다. 자연사 박물관 브론토사우루스 옆에서 바비를 만난 일부터 바비가 한밤중에 호텔로 찾아온 일, 르로이 아저씨가 폭행을 당하고 이고르가 나한테 총을 겨눈 일, 저 저나가 바비를 자동차 트렁크에 가두고 내 태블릿을 빼앗고 경찰에 신고하면 바비를 죽이겠다고 협박한 일……

살 아저씨가 말했다. "정말 아이를 트렁크에 가뒀어?"

제리 형사가 말했다. "오로르가 이렇게 끔찍한 이야기를 지어낼 리는 없지."

"내가 언제 지어냈대?"

"오로르한테 질문 좀 하자."

"내가 언제 하지 말랬나?"

"넌 진짜 온갖 데 다 참견해."

나는 제리 형사의 생각을 읽었다.

'살과 내가 둘 다 일곱 살일 때, 살이 내 생일 케이크에 얼굴을 박았지. 내가 촛불도 끄기 전에!'

살 아저씨가 나한테 말했다. "우리 얘기는 귀담아듣지 마. 우리는 맨날 이러면서 놀아."

제리 형사가 살 아저씨한테 말했다. "너 혼자 놀아." 그리고 나한테 말했다. "바비가 자기 성도 말했니?"

"아뇨. 제가 아는 건 이것뿐이에요. 5번가에 산다, 컬리지어트라는 비싸지만 애들이 착하진 않은 학교에 다닌다, 아빠가 호텔을 지어서 돈을 많이 번다, 저니나라는 새엄마가 아주 나쁜 사람이다."

제리 형사가 휴대폰에 글자를 쳤다.

살 아저씨가 말했다. "요즘 만나는 그 이상한 여자한테 문자 메시지 보내?" 그리고 나를 보며 말했다. "내 사촌은 이상한 여자들만 만나."

제리 형사가 말했다. "오로르, 저 바보 말은 듣지 마. 어쨌든 내가 찾아낸 것 좀 봐."

제리 형사는 아주 밝은 금발 여자의 사진을 내보였다. 수영복을 입었다! 크게 미소를 짓고 있는데, 내가 여태 본 중에서 제일 하얀 이가 보였다!

"알아보겠니?"

"저니나가 수영복을 입고 해변에 있는 모습은 못 봤어요!"

살 아저씨가 제리 형사를 흘깃 보며 말했다. "나도 좀 보여 줘."

제리 형사가 말했다. "앞을 똑바로 보고 운전해!" 그리고 나한테 말했다.

"어쨌든 이 여자가 그 아저씨를 때리고 네 태블릿을 가져간 사람 맞지?"

"네, 그 여자예요. 그런데 저 사진은 조금 더 젊어 보이네요. 이 사람인지 어떻게 아셨어요?"

"돈이 많다고 으스대고 다니는 사람이야. 자기가 뉴욕 여왕인 듯 뻐기고 다녀. 그리고 자기한테 방해되는 사람은 인정사정없이 없애는 걸로도 유명해."

살 아저씨가 말했다. "마리 앙투아네트 같네."

제리 형사가 말했다. "마리 앙투아네트는 루이 14세와 결혼하기 전에 수영복 모델을 하지는 않았을걸.”

내가 말했다. “두 분은 프랑스 역사를 잘 아시네요!”

나는 인터넷 검색으로 저나나 사진을 더 찾아보았다. ‘의붓아들’을 입력하자 바비의 사진이 나왔다! 바비의 성도 알게 됐다. 레너드였다. 바비 아버지의 이름은 레오 레너드였다. 몸집이 아주 크고, 금빛 머리를 자루 위에 달린 걸레처럼 헝클어뜨린 채 포즈를 취한 사진이 많았다.

나는 태블릿에서 찾아낸 사진을 들어 보이며 말했다. “바비와 바비 아빠예요!”

제리 형사가 태블릿 화면을 뚫어져라 보았다. 나는 제리 형사의 생각을 읽을 수 있었다. ‘이 아이는 뭐든 빨리 찾아내는군. 어떻게 다 알아내지?’

제리 형사가 말했다. “이제 나도 바비가 어떻게 생겼는지 알았어. 오로르는 이 유명한 레오 레너드를 처음 봤겠구나. 자신이 신이라고 착각하는 사람이야.”

살 아저씨가 말했다. “자기가 세우는 호텔만큼 흉측한 자만심으로 가득한 사람이지.”

내가 물었다. “자만심이 뭐예요?”

살이 말했다. “자기가 남들보다 잘났다고 생각하는 거.”

104스트리트 3번가로 들어서자, 건물 앞에 다섯 악당이 서 있었다. 나는 곧장 누구인지 알아보았다. 이고르, 루이스, 바비를 가둔 검은색 자동차를 지키고 있던 세 번째 악당, 저나나. 그리고 새로운 악당 한 명이 더 있었다. 똑같이 검은색 정장을 입고, 나이가 좀 들었으며, 턱이 단단해 보였다.

나는 곧장 제리 형사한테 말했다. "저 사람들 아직 여기 있어요. 악당들 전부. 그리고 처음 보는 악당도 한 명 있어요."

이고르가 다른 악당 한 명과 우리 자동차로 다가오자, 제리 형사가 말했다. "오로르, 바닥에 숨어!"

샬 아저씨가 말했다. "뒷좌석에 담요가 있어. 담요로 몸을 숨겨!"

나는 얼른 좌석 사이 좁은 공간에 몸을 숨기고 담요로 위를 가렸다. 창문을 톡톡 두드리는 소리가 들리고, 목소리도 들렸다. 이고르의 목소리였다.

"무슨 볼일이라도 있습니까?"

제리 형사가 말했다. "아, 그쪽 높은 사람과 직접 말하고 싶은데요."

이고르가 말했다. "회장님은 여기 없습니다."

제리 형사가 말했다. "저 여자가 상관 아닌가요? 저기나 레너드?"

이고르가 말했다. "저분은 아무와도 얘기 안 해요."

제리 형사가 말했다. "저하고는 말할 텐데요."

"당장 꺼져. 안 그러면 후회해."

제리 형사가 주머니에서 뭘 꺼내는 소리가 들렸다. 경찰 배지가 틀림없는 게, 곧이어 제리 형사가 이렇게 말했기 때문이다.

"경찰을 협박하면 감옥에 갈 수 있는 거 몰라요?"

차 문이 열리고 닫히는 소리가 났다. 나는 일어나서 앉고 싶었다. 그렇지만 샬 아저씨가 말했다.

"오로르, 계속 숨어 있어. 무슨 일인지 보려고 죄다 몰려와서 차를 둘러싸고 있어."

한참이 흘렀다. 나는 살 아저씨가 말한 대로 계속 담요 밑에 몸을 숨겼다. 마침내 차 문이 열렸다. 제리 형사가 다시 차에 탔다. 제리 형사의 목소리가 좋지 않았다.

"오로르, 네 말이 맞아. 저니나라는 여자는 아주 끔찍한 사람이야. 그런데 변호사가 옆에 있고, 저 사람들 말대로 내가 지금 당장 건물 안으로 들어가기는 힘들어. 바비가 지금 어디 있는지 물어보니까 저니나의 변호사가 나한테 수색 영장이 없으니 자동차 트렁크를 확인할 수 없고 수색 영장이 없으니 건물 안에 들어갈 수도 없대. 안타깝지만 법이 그래. 판사한테 수색 영장을 받아야 해. 서둘러야 해. 네 말처럼 정말로 오후 다섯 시에 건물을 부순대."

나는 휙 일어나서 앉았다.

제리 형사가 말했다. "미쳤어?"

"미친 척하는 게 아이디어예요!" 나는 버튼을 눌러 차창을 내렸다. 저니나는 10미터 앞에 있었다. 나는 저니나의 눈을 똑바로 노려보았다. 저니나의 생각이 정확히 보였다. 나는 살 아저씨와 제리 형사한테 말했다.

"건물을 다섯 시가 아니라 한 시에 부순대요! 바비는 건물 안에 있어요! 손발을 묶고 입에 재갈을 채워서 르로이 아저씨 옆에 뒀어요! 건물을 부수면 두 사람 다 살아 있는 채로 깔려 죽어요!"

제리 형사가 고개를 돌려 나를 보았다. 충격을 받았다는 말로도 부족할 표정이었다.

"그걸 어떻게 다 알아?"

내가 말했다. "제 말을 믿으세요! 저는 알아요!" 지금은 내 신비한 능력을 일일이 설명할 때가 아니었다.

저니나도 나를 보았다. 눈이 분노로 이글거렸다. 우리 차로 성큼성큼 다가오기 시작했다. 나는 빨리 아이디어를 떠올려야 했다!

나는 제리 형사와 살 아저씨한테 말했다. "좋은 생각이 났어요. 제가 법을 어겨야 해요. 그래도 바비와 르로이 아저씨를 구할 수는 있어요."

제리 형사가 말했다. "빨리 말해. 저니나가 오고 있어."

나는 빨리 말했다. 말을 마치자, 제리 형사와 살 아저씨가 서로 눈빛을 교환했다.

살 아저씨가 말했다. "좋은 계획 같아. 법을 어기긴 하지만."

제리 형사가 말했다. "그래. 판사가 감옥에 보낼지도 몰라. 그렇지만 판사도 이해할 거야."

그리고 제리 형사는 나를 보며 말했다.

"하자, 오로르!"

나는 고개를 끄덕였다. 나는 저니나한테 집중했다. 이제 저니나는 1미터 앞까지 왔다. 엄청난 증오를 담은 눈을 희번덕거렸다. 휴대폰으로 나한테 삿대질하며 빽빽거렸다.

"이러고도 네가 무사할 줄 알아? 이 괴물……."

저니나의 휴대폰이 내 코앞까지 왔다. 바로 그때 내가 팔을 뻗어 휴대폰을 낚아챘다. 단박에 낚아챘다. 그리고 태블릿 목소리로 소리쳤다.

"달려요!"

살 아저씨가 페달을 밟고 차가 쌩 내달렸다. 저니나가 뒤에서 소리쳤다. "너 죽었어, 오로르! 죽었어!"

나는 저니나의 휴대폰을 단박에 낚아챘고,
삼 아저씨가 페달을 밟고 쌩 내달렸다.

★

자동차는 북쪽으로 한 블록 달려가다가 105스트리트에서 왼쪽으로 꺾어진 뒤 파크 애비뉴에서 남쪽으로 달렸다. 제리 형사는 소속 경찰서에 전화하고 있었다.

"맨해튼 3번가 3330에 사건 발생. 104스트리트와 105스트리트 중간이다. 건물 안에 두 사람이 붙잡혀 있다. 건물은 다섯 시에 폭파 예정인데, 더 일찍 폭파될 것 같다. 건물주와 변호사가 건물 출입을 막고 있다. 수색 영장이 급히 필요하다. 한 시간 안에 받아야 한다!"

제리 형사가 전화를 끊고 나를 보며 말했다.

"자, 프랑스 친구, 이제 솔직하게 말해. 그 나쁜 여자의 머릿속 생각을 어떻게 알아냈지? 그리고 그 여자가 휴대폰으로 삿대질할 건 어떻게 알아냈어? 아니, 아니, '그냥 그럴 것 같았다'는 대답은 안 돼. 휴대폰을 뺏은 건 법을 어긴 일이야. 제대로 설명하지 못하면 나는 형사 일을 그만둬야 하고, 너는 감옥에 갈 수도 있어."

그제야 나는 사람들의 눈을 보고 생각과 마음을 읽을 수 있다고 설명했다.

제리 형사가 말했다. "나더러 그 말을 믿으라고?"

도로가 아주 시끄러웠다. 소방차가 사이렌을 요란하게 울리며 지나갔다. 나는 제리 형사가 내 말을 확실히 들을 수 있도록 태블릿 볼륨을 아주 크게 높이고 말했다.

"지금 무슨 생각하시는지 제가 말해 볼게요. '레오 레너드는 뉴욕에서 제일 힘있는, 아, 여기는 아주 심한 욕을 하셨네요, XX야. 이 이상한 프랑스 꼬

제리 형사

레오 레너드

저니나

마가 사실을 말하지 않으면 나는 레오 레너드가 힘을 써서 말단으로 밀려날지 몰라. 스태튼아일랜드에서 교통 위반 딱지나 떼고 살 수도 있어.' 이렇게 생각하시죠?"

제리 형사가 외계인을 보듯 나를 보았다.

살 아저씨가 제리 형사한테 물었다. "오로르 말이 다 맞아?"

제리 형사가 고개를 끄덕였다.

살 아저씨가 나한테 물었다. "제리가 만나는 이상한 여자 이름은 뭐야?"

내가 말했다. "재뉴어리요. 음, 이혼한 전처와 저번에 술을 드셨죠? 그걸 재뉴어리한테 들킬까 봐 걱정하고 계시네요."

제리 형사가 소리쳤다. "그만! 이제 그만하면 잘 알았어!"

살 아저씨가 말했다. "오로르, 너 정말 대단하구나!"

제리 형사가 물었다. "어떻게 그걸 다 알아내?"

"그냥 타고난 능력이에요. 어떻게 이런 능력이 생겼는지는 저도 몰라요."

제리 형사가 말했다. "프랑스 경찰이 너를 형사로 임명한 게 이상한 일도 아니네. 정말 엄청난 능력이야."

살 아저씨가 말했다. "위험한 능력이기도 해. 내 사촌의 사생활이 다 밝혀지니까."

"살 이야기는 듣지 마. 살은 30년 동안 결혼 생활을 했는데, 29년 전부터 서로 한마디도 안 해."

나는 두 사람의 이야기를 무시하고 말했다. "제 계획을 좀 들어 보실래요? 레오 레너드가 저를 만날 수밖에 없도록 만들 계획이 있어요."

살 아저씨가 말했다. "오, 오로르가 이제 대차게 나오네."

제리 형사가 말했다. "우리가 떠드는 쓸데없는 소리에 질렸겠지. 오로르, 계획이 뭐지?"

"저니나인 척하고 레오 레너드한테 문자 메시지를 보내서 급히 만나야 한다고 말하겠어요."

제리 형사가 말했다. "좋은 생각이야. 그런데 어디서 만나?"

살 아저씨가 말했다. "그랜드센트럴역 앞에 있는 팬암 빌딩이 레너드 소유 건물 아닌가?"

제리 형사가 말했다. "맞아, 나도 그런 기사를 읽은 적 있어. 좋아, 오로르, 해 보자. 그런데 그 휴대폰은 저니나가 아니면 켤 수 없을 텐데……."

"바비한테서 휴대폰 비밀번호를 들었어요!"

살 아저씨가 말했다. "완벽하네!"

"751225. 저니나 생일이에요."

살 아저씨가 말했다. "보기보다 나이가 많네!"

제리 형사가 말했다. "입 좀 다물어."

내가 말했다. "비밀번호를 눌러볼까요?"

제리 형사가 말했다. "얼른 해!"

비밀번호를 누르자 휴대폰에 들어 있는 것들이 다 보였다. 문자 메시지를 확인했다. 이고르한테 보낸 메시지가 많았다. '이고르'라는 이름은 읽을 수 있어도, 메시지 내용은 영어로 적혀 있어서 알 수 없었다. 저니나가 남편한테 보낸 메시지도 몇 개 있었다.

"켜졌어요!"

제리 형사가 말했다. "내가 좀 볼게."

나는 휴대폰을 제리 형사한테 건넸다.

제리 형사는 문자 메시지를 읽다가 말했다. "맙소사. 바비는 이고르가 저니나 사촌 동생이라고 했지?"

"그랬어요."

"메시지들 내용을 보니, 사촌이 아니라 애인이네."

살 아저씨가 말했다. "정말?"

제리 형사가 말했다. "내가 왜 거짓말을 하겠어?"

내가 말했다. "지금 그런 얘기를 나눌 때가 아니에요! 시간이 없어요!"

제리 형사가 다시 나한테 말했다. "나도 알아. 두 사람의 목숨이 위태로운 상황인 걸 내가 왜 모르겠어. 그렇지만 쓸모없는 말 같아도 농담으로 머리를 식혀야 해. 그래야 위급한 상황에 더 침착하게 대처할 수 있어. 자, 오로르 형사, 다음 계획은 뭐지?"

"저니나인 척하고 레오 레너드한테 문자 메시지를 보내는 거요. 문제가 생겨서 급히 만나야 한다고. 그리고 레오 레너드 사무실로 가서 그 사람을 몰아붙여야죠."

"좋은 아이디어야. 그렇지만 내가 보기에, 그 부부는 사이가 안 좋아. 문제가 생겼다고 해도 남편이 만나려 할지 모르겠어."

"그럼, 바비한테 위급한 일이 생겼다고 해요. 바비는 아빠가 자기한테 무관심하다고 하지만, 아빠라면 아들 일에 그렇게 무심할 수 없을 거예요."

살 아저씨가 끼어들었다.

"레오 레너드는 아주 이기적인 냉혈한이라고 악명이 높아."

제리 형사가 말했다. "아들이 위험에 처했다고 말하는 게 좋겠어. 아들이 위험하다는데 아무 조치도 안 취했다고 알려지면 자기 이미지가 나빠질 테니까 틀림없이 시간을 낼 거야. 오로르 형사는 어떻게 생각해?"

"멋진 아이디어라고 생각해요! 문자 메시지 내용은 뭐라고 쓸 건가요?"

제리 형사가 조금 입력하다가 지우고 다시 입력한 뒤 말했다.

"저나나가 남편한테 보낸 다른 메시지들을 보니까 항상 '여보'라는 말로 시작하네. 그래서 이렇게 보냈어. '여보, 바비가 아주 큰 곤경에 처했어. 지금 내가 당신 사무실로 가고 있어. 10분 안에 그 앞에 도착해.' 어때?"

내가 말했다. "아주 좋아요. 그리고 아까 농담도 하지 말라고 말한 건 죄송해요. 제가 바비와 르로이 아저씨 걱정에 조금 무서웠어요."

제리 형사가 말했다. "괜찮아. 그리고 오로르 형사는 정말 멋진 사람이네. 잘못했다고 생각할 때 곧장 사과할 수 있는 사람이니까. 실수나 잘못을 저질렀을 때 그걸 스스로 인정하는 건 정말 대단히 큰 힘이야."

부르르, 부르르, 부르르.

저나나의 휴대폰이 부르르 떨었다!

제리 형사가 휴대폰 화면을 보며 말했다. "이런! 레오 레너드야!"

살 아저씨가 말했다. "받지 마!"

제리 형사가 말했다. "당연히 안 받지. 내가 바보야?"

전화기가 계속 울렸다. 제리 형사가 새로 메시지를 보낸 뒤 우리한테 들려주었다.

"여보, 지금 통화할 여유가 없어. 너무 급한 상황이야. 10분 뒤에 1층에서 만나. 안 그러면 당신 대외 이미지에 먹칠이 될 거야."

내가 물었다. "대외 이미지가 뭐예요?"

제리 형사가 말했다. "세상에 보이는 모습. 레오 레너드처럼 독선적이고 무자비한 사람은 대외 이미지를 좋게 보이는 데 목숨을 걸어."

　땡, 땡.

　저나나 핸드폰에 온 문자 메시지였다! 제리 형사가 갑자기 환하게 웃었다.

　"좋았어. 몇 분 뒤에 내려와서 만나겠대!"

　그때 태블릿에 문자 메시지가 떴다. 다이안 선생님이었다. 아주 화난 메시지였다.

　오로르! 너희 아버님 어머님께 연락해서 사실대로 말할 수밖에 없었어. 지금 두 분 다 무척 흥분했어. 어머님은 내가 한밤중에 너를 내보냈다고 화를 내면서 나를 해고하겠대! 그렇지만 무엇보다 지금 네가 어디 있는지 너무 걱정돼. 위험한 상황은 아닌지. 5분 안에 나한테 연락 안 하면 경찰에 신고할 수밖에 없어! 당장 문자 메시지 보내고 호텔로 돌아와!

　이런……. 상황이 좋지 않다. 우리가 르로이 아저씨가 있는 건물로 돌아가기 전에 다이안 선생님이 경찰에 신고하면 저나나가 알게 될 테고…….

　"문제가 생겼어요. 저와 제 선생님 사이의 문제예요."

　살 아저씨가 말했다. "선생님하고 잘 지내는 사람은 없지."

　제리 형사가 살 아저씨한테 말했다. "너는 특히 그렇지." 그리고 나한테 말했다. "무슨 문제인지 말해 봐."

　나는 얼른 번역 앱을 열어 선생님의 문자를 영어로 바꾼 뒤 제리 형사

한테 건넸다. 제리 형사는 재빨리 읽은 뒤 다이안 선생님이 영어를 할
줄 아는지 묻고, 문자 메시지를 보낸 번호가 선생님의 전화번호가 맞는
지 물었다. 나는 태블릿이 없으니 고개만 끄덕였다. 제리 형사가 살 아
저씨한테 차를 잠깐 세우라고 했다. 살 아저씨가 큰 아파트 건물 앞에
차를 세우자, 제리 형사는 나한테 가까이 오라고 한 뒤에 둘이 같이 나
오게 셀카를 찍었다. 나는 제리 형사와 셀카를 찍어서 아주 기뻤다. 제
리 형사가 아주 멋있어서 더 기뻤다. 제리 형사는 경찰 배지가 잘 보이게
앞에 들고 있고, 나는 그 옆에 기대서 활짝 웃었다. 그렇게 찍은 사진 아래
에 선생님한테 보낼 메시지를 적었다. 제리 형사가 메시지를 크게 읽었다.

제리 형사와 나는 뉴욕 경찰 배지가 잘 보이게 앞에 들고 셀카를 찍었다.

"안녕하세요. 저는 뉴욕 경찰청에 근무하는 제리 프레스코발디 형사입니다. 오로르는 저와 함께 있고, 지금 같이 사건을 수사하고 있습니다. 오로르와 함께 찍은 사진을 첨부합니다. 사진 안에 제 경찰 배지도 보일 겁니다. 배지에 제 경찰 아이디 번호도 있습니다. 원하시면 그 번호를 검색해서 제 신분을 확인하셔도 됩니다. 하나 부탁드리겠습니다. 지금 경찰에 신고하시면 저와 오로르가 수사하는 사건이 아주 위험해집니다. 그러니까 지금은 경찰에 연락하지 마세요. 오로르를 걱정하시는 마음은 충분히 이해합니다. 그렇지만 오로르는 지금 잘 있습니다. 그리고 오로르의 부모님께도 오로르가 아주 뛰어난 형사라고 전해 주세요."

제리 형사가 읽어준 메시지를 듣고 나는 환하게 웃었다. 그리고 살 아저씨의 말을 듣고 더 밝게 웃었다.

"오로르, 너는 아주 뛰어난 정도가 아니야. 최고야, 최고! 지금 내 눈을 보고 생각을 읽더라도 내 말이 거짓말이 아닌 걸 알겠지?"

제리 형사가 문자 메시지를 보내며 말했다. "자, 이러면 선생님은 몇 시간 동안 진정하겠지. 이제 레오 레너드를 만나서 우리와 같이 그 건물로 가도록 설득하자. 살, 밟아! 이제 5분밖에 안 남았어!"

밟아! 마음에 드는 표현이다! 살 아저씨가 다시 속도를 올려 파크 애비뉴를 지나갔다. 아파트 건물들은 사라지고 커다란 사무실 빌딩들이 나타났다. 그중에서도 제일 큰 건물에는 '레너드 타워'라고 적혀 있었다. 하늘을 찌를 듯했다. 강철과 유리로 된 빌딩이 세상을 내려다보았다. 빌딩 앞에 왔다. 저 나나 밑에서 일하는 악당들처럼 검은색 재킷과 바지를 입은 남자 네 명이 벽처럼 문을 막고 고개를 이리저리 돌리며 주

위를 감시하고 있었다.

제리 형사가 말했다. "총을 가진 저 꼭두각시 같은 놈들 바로 앞에 차를 세워."

내가 말했다. "총을 갖고 있어요?" 뉴욕에서는 모두가 총을 갖고 있나???

제리 형사가 말했다. "레오 레너드의 경호원들이니까 당연히 총을 갖고 있지."

살 아저씨가 차를 세우자, 경호원 두 명이 재킷 앞자락을 들어 총을 내보였다. 머리가 콜리플라워처럼 생기고 몸집이 아주 큰 경호원이 차창을 두드렸다. 살 아저씨가 창문을 내렸다.

살 아저씨가 말했다. "날씨 참 좋죠?"

"차 빼."

제리 형사가 경찰 배지를 보이며 말했다. "빼라 마라 할 상황이 아니야."

레너드 타워

콜리플라워 경호원

콜리플라워가 물러섰다.

제리 형사가 말했다. "회장한테 가서, 저니나가 보낸 사람들이 왔다고 말해."

콜리플라워는 벽을 이룬 경호원들 너머로 들어갔다. 우리는 차에서 내렸다. 잠시 후, 경호원 벽이 열리고 레오 레너드가 나타났다. 키가 컸다. 배가 많이 나왔다. 얼굴은 빵 반죽처럼 허옜다. 그리고 머리는 누런 걸레 같았다. 가까이에서 보니 더 이상했다.

레오 레너드가 물었다. "저니나는 어디 있어?" 레오 레너드는 나를 외계인 보듯 아래위로 훑어보았다.

제리 형사가 다시 배지를 보이며 말했다. "저니나 때문에 왔습니다. 아니, 저니나가 아드님을 불법으로 억류하고 죽이겠다고 협박해서 저니나의 휴대폰을 빼앗아 왔습니다."

레오 레너드는 형사한테 그런 말을 들어서 놀란 표정이었다. 그러나 이내 고개를 흔들었다.

"말도 안 되는 소리."

내가 말했다.

"정말이에요. 제가 아저씨 아들이랑 같이 있었어요. 바비가 자동차 트렁크에 갇힌 걸 제가 똑똑히 봤어요. 그리고 저니나가 어떤 아저씨를 심하게 때렸어요. 그 아저씨가 건물에 있는데, 그대로 건물을 부순대요. 바비도 거기 같이 있을 거예요!"

레오 레너드는 정말로 충격을 받은 표정이었다. 내가 태블릿 목소리로 말해서 더 충격받은 것 같았다.

레오 레너드가 콜리플라워한테 물었다. "이 이상한 아이는 누구야?"

제리 형사가 말했다. "이상한 아이가 아닙니다. 프랑스에서 온 형사로……."

레오 레너드가 말했다. "퍽이나 그렇겠네. 그게 사실이면 나는 미국 대통령이오."

내가 프랑스 경찰 배지를 내보였다.

"정말 형사예요. 바비는 엄마를 정말 그리워하는데 아저씨는 바비 엄마가 어디로 갔는지 알려 주지 않으신다고요? 다 들었어요."

그러자 빵 반죽 같은 레오 레너드의 얼굴이 더 창백해졌다. "얘 치워!"

제리 형사가 저니나의 휴대폰을 들었다. "먼저, 저니나가 그 사촌이라는 이고르와 주고받은 문자 메시지들부터 읽으시죠."

제리 형사는 휴대폰을 눌러 화면에 뭘 띄웠다.

"저니나와 이고르의 사진도 보시죠."

레오 레너드의 얼굴이 빨개졌다.

그가 휴대폰을 낚아채려 하며 말했다. "내놔."

제리 형사가 휴대폰을 꽉 쥐고 말했다. "경찰 증거품입니다."

콜리플라워가 제리 형사의 어깨를 잡으려 했다. 제리 형사는 콜리플라워의 손을 피하며 말했다.

"한 번만 더 내 몸에 손대면 경찰 폭행죄로 체포하겠어."

콜리플라워가 주춤했다. 레오 레너드가 물러서라고 손짓하자 콜리플라워는 뒤로 확 물러섰다.

레오 레너드가 말했다. "그 사진들과 문자 메시지들은 복사본으로 받고 싶군요."

제리 형사가 말했다. "그럼, 저희와 지금 업타운으로 가시죠. 그래야 아들을 구할 수 있습니다."

"아들은 당연히 구해야지!"

레오 레너드는 세상 사람들이 다 들으라는 듯 아주 큰 목소리로 말했다. 그리고 경호원들한테 말했다.

"호세한테 차 대기하라고 해. 모두 업타운으로 간다."

제리 형사가 말했다. "그러시면 안 됩니다. 경호원들을 다 데리고 가면, 저니나 패거리와 레너드 씨 경호원들의 싸움이 될 겁니다. 사건이 더 커집니다. 레너드 씨만 저와 같이 가셔야 합니다. 그러면 저니나도 폭행당한 사람과 바비를 놓아줘야겠다고 느낄 겁니다."

레오 레너드가 말했다. "폭행당한 사람이 누군지 나는 몰라요. 저니나가 스패니시 할렘에서 뭘 하는지 나는 몰라요."

나는 레오 레너드의 눈을 보았다. 생각을 읽었다.

'이 프로젝트를 저니나한테 맡긴 게 큰 실수였어. 마지막 건물까지 부수지 않아도 되는데, 거길 완전히 다 밀고 새 호텔을 지으면 2천만 달러를 더 벌 수 있다고 생각했겠지.'

레오 레너드는 내 시선을 느끼고 말했다. "뭘 보냐?"

제리 형사가 말했다. "뭘 보든 오로르 형사 자유입니다. 자, 이제 가시죠."

살 아저씨가 자동차 뒷문을 열었다.

레오 레너드는 못마땅한 표정으로 말했다. "작은 차는 안 타는데……."

살 아저씨가 말했다. "안 죽어요."

레오 레너드는 콜리플라워한테 소리쳐서 비서한테 한 시간 동안 자리를 비운다고 전하라고 했다.

나는 반대편 문을 열어 차에 올라탔다. 레오 레너드 옆이었다. 제리 형사는 조수석에 탔다. 살 아저씨가 운전석에 앉아 시동을 걸었다.

레오 레너드가 말했다. "솔직히 말해. 저니나가 바비를 자동차 트렁크에 넣지는 않았지?"

내가 태블릿 목소리로 말했다. "제 두 눈으로 똑똑히 봤어요. 르로이 아저씨가 폭행당하는 동영상도 있어요."

레오 레너드가 말했다. "르로이? 르로이가 누구야?"

나는 레오 레너드를 똑바로 보며 말했다.

"르로이 아저씨가 누군지 잘 아시잖아요. 20년 동안 그 집에서 운전사로 일했어요. 저니나가 해고하기 전까지요!"

레오 레너드는 갑자기 화난 목소리로 물었다. "네가 뭐라도 돼? 경찰이야?"

제리 형사가 말했다. "네, 경찰이고 형사입니다. 그리고 제 동료 형사한테 예의를 갖춰서 말씀하세요."

레오 레너드가 말했다. "내 마음대로 말할 거요. 그리고 말이 나왔으니 말인데, 얘는 말을 왜 태블릿으로 해? 아주 이상하네."

"레너드 씨, 저는 사람들이 흔히 말하는 자폐아예요. 그래서 입으로 말을 할 수 없어요."

그 말에 레오 레너드는 찜찜한 표정을 지었다.

살 아저씨가 말했다. "거기에는 뭐 할 말 없나요, 레오?"

"왜 내 이름을 함부로 불러? 우리가 서로 아는 사이인가?"

"에이, 레오 레너드를 모르는 뉴욕 사람도 있나요? 그리고 대통령 후보로 나가는 것도 모르는 사람이 없죠."

레오 레너드가 갑자기 빙긋 웃었다.

"대통령 출마는 아직 생각 중이오."

살 아저씨가 말했다. "이런 일을 겪은 뒤에도 제발 잘되기를 빕니다!"

레오 레너드가 말했다. "나를 놀려? 경찰 일을 못 하게 만들겠어."

살 아저씨가 말했다. "그렇게는 안 될걸요. 왜 안 되는지 알아요? 나는 경찰이 아니니까."

내가 말했다. "그렇지만 나는 경찰이에요. 그리고 꼭 알고 싶은 게 있어요. 바비 엄마는 왜 사라졌어요? 지금 어디 있어요?"

레오 레너드가 고개를 돌려 창밖을 보며 생각했다.

'이 아이는 너무 많이 알고 있군.'

"바비 엄마는 지금 어디 있어요?"

레오 레너드가 말했다. "왜 사라졌는지는 신문에 다 나와 있어. 공금을 횡령했어. 큰돈을. 그래서 모습을 감췄어."

나는 또 한참 레오 레너드를 뚫어져라 보았다. 생각을 읽을 수 있었다.

'매일 보고 싶어. 만날 수 있으면 좋겠지만 그래도 안전한 곳에 있으니까 그걸로 위안을 삼아야지. 어쩔 수 없었어. 잘못된 거래를 저니나가 알아내서 나를 협박했으니……'

내가 물었다. "레너드 씨, 어떤 거래가 어떻게 잘못됐나요?"

레오 레너드는 세게 얻어맞은 표정으로 나를 보았다.

"내 생각을 읽는 척하지 마!"

레오 레너드의 목소리가 아주 컸다. 제리 형사가 뭐라 말하려 했지만, 내가 손을 들어 말을 막았다. 지금은 내가 심문할 시간이다!

"그래서 바비 엄마가 있는 안전한 곳이 어디죠?"

레오 레너드가 소리쳤다. "무슨 말인지 하나도 모르겠다!"

살 아저씨가 정말 놀랐지만, 제리 형사가 살 아저씨의 팔을 잡고, 손가락을 입에 대며 수사를 방해하지 말라고 신호했다.

"아뇨, 레너드 씨는 잘 알고 있어요! 제가 생각을 다 읽었어요. 저는 신비한 능력이 있어요. 그래서 형사가 됐죠. 레너드 씨가 바비 엄마를 그리워하는 것도 알아요. 그분 성함은 뭐죠?"

레오 레너드가 고개를 숙이며 말했다. "셀레스트."

"프랑스 이름이네요! 셀레스트는 하늘을 뜻하는 이름이에요. 제가 말해 볼게요. 저니나는 레너드 씨와 같이 일하는 사이였는데, 자기가 아내가 돼서 돈을 더 많이 얻고 싶었어요. 레너드 씨가 아주 나쁜 사람한테 돈을 빌려 나쁜 일을 했는데, 그걸 저니나가 알아냈죠. 저니나는 그 모든 일을 셀레스트한테 뒤집어씌우는 수밖에 없다고 말했죠. 그리고 셀레스트를 멀리 쫓아내고 자기와 결혼해야 한다고……."

레오 레너드가 나한테 소리쳤다. "입 닥쳐!"

제리 형사가 말했다. "형사한테 그런 말을 쓰면 안 되죠. 더구나 어린 여자아이한테."

내가 말했다. "저는 어리지 않아요!" 그리고 다시 레오 레너드한테 말했다. "어쨌든 하나 더 물어보겠습니다. 레너드 씨, 아들을 사랑합니까?"

"당연히 사랑하지!"

"그럼, 바비를 구하는 게 중요한가요, 아니면 나쁜 일을 해서 나쁜 여자한테 들키고 그래서 그 여자한테 이용당해서 더 나쁜 일을 하게 된 것을 세상에 알려지지 않도록 막는 게 더 중요한가요?"

제리 형사가 손가락을 들어 할 말이 있다고 알렸다.

"오로르 형사가 정곡을 찔렀군요. 바비의 어머니한테 누명을 씌우고 먼 곳으로 보낸 것만으로도 저니나는 큰 범죄를 저질렀습니다. 오래 감옥에 갇혀 있어야 할 큰 죄죠. 레너드 씨가 지금이라도 사실대로 다 진술하겠다고 약속하면, 레너드 씨는 선처를 받아 감옥에 가지는 않을 겁니다."

살 아저씨가 불쑥 끼어들었다. "사람을 죽였으면 얘기가 달라지겠죠."

레오 레너드가 말했다. "아무도 안 죽였어! 그냥 나쁜 사람들한테서 돈을 빌렸을 뿐이야. 아니, 내가 사람을 죽일 사람으로 보여?"

살 아저씨가 말했다. "알 수 없죠."

제리 형사는 사촌 살한테 아무 반응도 보이지 않기로 마음먹고 대꾸

하지 않았다. 대신 레오 레너드한테 말했다.

"좋아요. 나쁜 사람들한테서 돈을 빌렸는데, 그 사실 때문에 또 나쁜 사람한테 이용당한 거죠? 나쁜 짓을 덮으려고 하면 결국 더 나쁜 일들이 생기죠. 자, 레너드 씨, 저저나와 그 '사촌'이라는 남자가 찍은 사진들과 문자 메시지들 말이죠, 레너드 씨가 우리한테 협조하면 그걸 다 드리겠습니다."

레오 레너드는 오랫동안 창밖을 내다보았다. 주먹을 쥐었다가 폈다 했다. 볼이 아주 빨개질 만큼 분을 참고 있었다. 레오 레너드는 같은 생각만 되풀이하고 있었다.

'내가 어떻게 그렇게 멍청했지? 내가 어떻게 그렇게 멍청했지?'

그러다가 레오 레너드가 화난 눈으로 나를 보며 말했다.

"그런 신기한 능력이 왜 너한테 갔지? 나한테 오지 않고?"

"저는 레너드 씨와 다르게 다른 사람을 위해 좋은 일을 하려 하기 때문이겠죠."

레오 레너드는 얼굴이 더 빨개져서 뭐라 말하려 했다. 그러나 그때 제리 형사가 소리쳤다.

"이런, 안 돼! 안 돼!"

살 아저씨도 소리쳤다. 레너드 씨도 소리쳤다. 104스트리트 3번가에 들어선 때였다. 도로가 막혀 있고 사람들이 몰려 있었다. 살 아저씨가 차를 세웠다. 우리는 모두 차에서 내렸다. 제리 형사가 배지를 들고 소리쳤다.

"무슨 일입니까?"

선글라스를 끼고 담배를 문 남자가 말했다.

"마침 딱 시작하기 전에 왔네요. 굉장한 구경거리가 시작돼요!"

제리 형사가 물었다. "굉장한 구경거리라니, 뭐죠?"

"30초 뒤면 저 건물을 단번에 폭파한대요."

"저 건물을 단번에 폭파한대요."

☆

나는 달리기 시작했다. 제리 형사도 달리기 시작했다. 레오 레너드도
달리기 시작했다. 살 아저씨도 달리기 시작했다. 그러나 문제가 있었
다. 사람들과 건물 사이에는 커다란 장벽이 세워졌다. 경관 예닐곱 명
이 장벽을 넘어가지 못하게 막고 있었다. 장벽 너머에는 안전모를 쓴

사람들이 보였다. 검은색 정장을 입은 남자도 많았다. 저니나의 악당들이다! 제리 형사가 사람들한테 비키라고 소리쳤다. 경관이 제리 형사를 잡았다.

경관이 소리쳤다. "물러서요!"

제리 형사가 경관 눈앞에 배지를 내보였다.

"저 건물 안에 사람이 있어. 지금 폭파하면 두 사람이 죽어. 당신이 책임질 거야? 당장 들어가야 해!"

경관은 겁먹고 제리 형사가 지나가도록 길을 내주었다. 제리 형사는 살 아저씨와 레오 레너드와 나도 장벽 너머로 데려갔다. 기폭 장치 앞에는 흰 가운을 입고 안전모를 쓴 남자가 있었다. 그 옆에 있는 사람은 바로 저니나였다! 손목시계를 보고 있었다.

저니나가 안전모 쓴 남자한테 말했다. "자, 카운트다운 들어간다. 10, 9, 8, 7, 6……."

제리 형사가 소리쳤다.

"기폭 장치에서 물러서! 손 들어!"

제리 형사가 총을 들고 저니나를 겨눴다!

저니나는 안전모 쓴 남자한테 소리쳤다. "눌러!"

제리 형사가 허공에 총을 쏘았다. 기폭 장치 앞에 있는 남자는 총소리에 깜짝 놀라 물러섰다. 저니나가 기폭 장치로 성큼성큼 걸어갔다. 팔을 뻗어 누르려 했다! 그 순간, 살 아저씨가 몸을 날려 저니나를 붙잡고 함께 바닥에 쓰러졌다. 제리 형사가 그 옆에 서서 총을 겨눴다.

제리 형사가 말했다. "체포합니다!"

제리 형사가 허공에 총을 쏘자, 기폭 장치 앞에 있는 남자는 총소리에 깜짝 놀라 물러섰다.

저니나가 말했다. "무슨 죄로?" 저니나는 살 아저씨를 밀치고 일어섰다.

제리 형사가 소리쳤다. "저 건물 안에 아직 사람이 두 명 있어요!"

레오 레너드가 소리쳤다. "한 명은 내 아들이야, 이 괴물아!"

저니나가 말했다. "그 쥐새끼는 도망쳤어!"

내가 말했다. "거짓말. 저기 있는 자동차 트렁크에 바비를 넣는 걸 내가 봤어요!"

저니나가 소리쳤다. "이 꼬마 괴물이 아무 말이나 지껄이네! 어디 찾아 봐! 이고르! 트렁크 열어! 똑똑히 보라고 해! 콜롬비아 마약상들한테서 돈을 빌린 이 썩어빠진 내 남편이……."

레오 레너드가 소리쳤다. "입 닥쳐!"

저니나가 소리쳤다. "왜? 경찰한테 사실을 들키는 게 겁나?"

레오 레너드가 맞받아쳤다.

"사실? 사실은 그 콜롬비아 사람들이 네 '친구'라는 거야. 네가 돈을 빌렸고, 그 돈을 못 갚았더니, 그놈들이 우리 가족을 죽이겠다고 협박했고, 그래서……."

"이고르, 트렁크 열어!"

이고르는 저니나의 말대로 트렁크를 열었다. 나는 자동차로 달려갔다. 이고르는 정말 추악한 눈빛으로 나를 보았다. 나는 곧장 트렁크 안을 보았다. 텅 비었다!

내가 소리쳤다. "바비가 없어요!"

저니나가 소리쳤다. "애초에 트렁크에 들어간 적도 없어! 내가 분명히 말했지? 도망쳤다고. 어젯밤에 집에서 나간 것처럼 여기서도 달아났어!"

내가 소리쳤다. "거짓말! 거짓말! 그 전에도 건물 안에 형사 아저씨가 못 들어가게 막았지? 바비는 저 건물 안에 있어!"

"건물 안에 경찰을 들여보내지 않은 거? 수색 영장이 없으니까 당연하지. 뭐, 원하면 지금 들어가 봐. 어디 샅샅이 뒤져 봐. 내가 건물을 날려 버릴 테니까!"

레오 레너드가 말했다. "넌 그럴 권리 없어!"

저니나가 말했다. "과연 그럴까? 왜 경찰관들이 장벽을 치고 지킬 거 같아? 폭파할 때 다치는 사람이 없게 보호하러 왔지."

레오 레너드가 말했다. "내가 승인한 적 없어!"

"승인? 당신이 뭔데? 신이야? 법적으로 필요한 승인은 다 받았고, 서류도 여기 다 있어."

저니나가 서류철을 들고 흔들었다.

레오 레너드가 말했다. "승인을 어떻게 받았어? 뇌물 썼어?"

"여보, 당신한테서 배운 대로 한 것뿐이야. 원하는 걸 얻으려면 돈을 뿌려라. 타락하지 않은 사람은 없다."

제리 형사가 말했다. "없지 않아요. 자, 얼른 건물 안을 살펴봅시다. 당신도 같이 가야 합니다!"

저니나가 말했다. "기꺼이 내가 안내하지!"

제리 형사는 살 아저씨한테 기폭 장치를 지키라고 말했다.

살 아저씨가 말했다. "알아 모시겠습니다!"

나는 제리 형사와 레오 레너드를 뒤따랐다. 저니나는 맨 앞에 앞장섰다. 건물 안으로 들어선 뒤 내가 제리 형사한테 말했다.

"2층 오른쪽이 르로이 아저씨가 사는 곳이에요. 이고르가 총 손잡이로 아저씨 머리를 때린 곳이요."

저니나가 말했다. "저 미친 어린애는 이상한 이야기를 잘도 지어내!"

제리 형사가 말했다. "오로르 형사가 어리다고 할 수는 있지만, 당신처럼 미치지는 않았어요."

내가 말했다. "저는 어리지 않아요!" 그리고 저니나한테 말했다. "이야기를 지어내지도 않아!"

르로이 아저씨가 사는 아파트 안으로 들어갔다. 아저씨가 이고르한테 머리를 맞고 바닥에 쓰러져 있던 곳이다. 그러나 아저씨는 없었다!

"정말이에요. 몇 시간 전만 해도 아저씨가 여기 있었어요. 바닥에 쓰러져 있었어요."

저니나가 말했다. "술에 취했겠지!"

레오 레너드가 말했다. "르로이는 술을 입에도 안 댔어. 르로이를 해고한 게 내 두 번째 실수야. 첫 번째이자 가장 큰 실수는 저니나 너를 믿은 거야."

저니나가 말했다. "뉴욕에서 제일 믿을 수 없는 사람이 잘도 그런 말을 하네."

레오 레너드가 제리 형사한테 저니나의 휴대폰을 보여 달라고 했다.

제리 형사가 나한테 말했다. "오로르, 잠깐 자리 좀 비켜 주겠니? 휴대폰 내용은 네가 안 보는 게 좋겠어."

나는 복도로 나갔다.

저니나가 레오 레너드한테 소리쳤다.

"그래, 당신이 이제 진실을 알았다 치고, 그게 무슨 상관이야? 어쨌든 저 어린 괴물이 내 휴대폰을 훔쳤어! 내가 이 건물을 폭파하는 건 완전히 합법적인 일이지만, 휴대폰을 훔치는 건 불법이야! 건물 폭파한 뒤에 저 괴물을 감옥에 보낼 테야! 절도죄로!"

　내가 그 말에 겁먹었느냐고? 조금은 그랬다! 그렇지만 더 큰 걱정이 있었다. 바비와 르로이 아저씨를 찾아내는 것! 나는 건물에 있는 방들을 다 확인했다. 온통 먼지와 쓰레기였다! 사람은 어디에도 없었다. 옥상으로 올라갔다. 거기에도 바비와 아저씨는 없었다. 다시 아래로 내려와 지하실로 가는 문을 찾아냈다. 문을 열자 먼지가 구름처럼 솟았다. 온몸이 잿빛 먼지에 뒤덮였다! 앞도 보이지 않고 숨을 쉬기도 힘들었다. 그렇지만 나는 형사다! 어둡고 지저분한 지하실에 갈 때도 용감해야 한다! 지하실을 살펴보지 않으면 좋은 형사라고 말할 수 없지 않나?

　그래서 나는 태블릿에서 플래시 기능을 켜고 깜깜한 계단을 힘들게 내려갔다. 내 몸이 전혀 크지 않은데도 계단에서 삐걱삐걱 소리가 났다. 세상에서 제일 깜깜한 구멍으로 들어가는 기분이었다! 태블릿 불빛에 보이는 것이라고는 내 주위로 미친 듯이 소용돌이치는 먼지뿐이었다. 입이 바짝바짝 말랐다. 눈도 따가웠다. 그래도 계단을 끝까지 내려왔다. 지하실 바닥이 발밑에 느껴졌다. 태블릿 플래시로 앞을 비췄다. 먼지뿐이야! 벽이 보였다. 벽을 따라 쭉 걸었다. 벽에 비밀 문이 있을지 모른다. 그 안에 바비와 르로이 아저씨가 있을지 모른다. 숨을 쉬기가 점점 더 힘들었다! 그러나 벽을 따라 지하실 안을 한 바퀴 빙 돌아서 다시 계단까지 와도 비밀 문은 없었다. 나는 최대한 빨리 계단을 올라왔다.

태블릿에서 플래시 기능을
켜고 계단을 내려가는데
발밑에서 삐걱삐걱
소리가 났다.

위로 올라온 뒤에 기침이 나왔다. 기침은 멈추지 않았다. 그렇지만 소리는 나지 않았다. 침묵의 기침이었다. 숨을 제대로 못 쉬어서 어지러웠다. 먼지에 눈이 무척 따가웠다. 그래도 있는 힘을 다해 르로이 아저씨가 사는 2층으로 올라왔다. 제리 형사가 나를 보고 깜짝 놀랐다.

"세상에, 오로르! 무슨 일이야!"

나는 태블릿 목소리로 말했다.

"건물 안을 다 찾아 봤어요! 지하실에도 갔어요! 제 평생 그렇게 먼지가 많은 곳은 처음이에요! 그런데 바비도 없고 르로이 아저씨도 없어요!"

저니나가 소리 내서 웃었다. 마녀의 웃음소리 같은 미친 웃음소리였다!

"봤지? 나는 결백해! 여기 아무도 없어!"

레오 레너드가 재킷 주머니에서 손수건을 꺼내 나한테 건넸다.

레오 레너드가 말했다. "그렇게 애써서 내 아들을 찾아다니다니, 고맙구나!"

나는 손수건으로 눈을 닦았다. 손수건을 떼자 저니나가 아주 사악한 표정으로 나를 보고 있었다. 바로 그때였다. 나는 저니나의 생각을 읽었다.

'지하실에 비밀 문이 있는데 그것도 못 찾다니, 어리고 멍청한 것.'

나는 태블릿 목소리로 말하고 싶었다. '나는 멍청하지 않아! 그리고 나

한테 어리다고 하지 마!'

하지만 지금 그런 말을 하면 안 된다. 생각을 읽는 내 능력을 저니나한테 들키면 안 된다. 나는 고개를 숙이고 겁먹은 듯이 행동했다. 그러면 저니나는 자기가 나를 제대로 괴롭혔다고 생각하고 방심할 테니까.

저니나가 사람들한테 말했다. "나는 나가겠어. 충고 하나 할까? 다들 빨리 나가는 게 좋을 거야. 15분 뒤에 이 건물을 폭파하니까!"

저니나가 휙 나갔다. 레오 레너드도 뒤따라 나가며 소리쳤다.

"이혼할 때 내가 동전 한 푼이라도 내놓을 거 같아? 어림없어. 그리고……."

제리 형사도 뒤따라 나가려고 할 때, 나는 제리 형사의 팔을 잡고 내 입술에 손가락 하나를 대며 쉬 하고 신호했다.

제리 형사가 나를 보며 속삭였다.

"저니나의 눈에서 뭘 알아냈구나. 뭔지 말해 봐."

나는 문밖을 둘러보며 제리 형사와 나만 남았는지 확인했다. 그리고 다시 돌아와 태블릿 목소리 음량을 작게 줄이고 말했다.

"지금 지하실에 다시 가야 해요."

계단을 서둘러 내려갔다. 지하실 문 앞에서 내가 말했다.

"입이랑 코를 가려요!"

나는 문을 열었다. 또 먼지가 확 일었다. 나는 태블릿 플래시를 켰다. 제리 형사가 기침을 하기 시작했다.

내가 말했다. "힘들면 저 혼자 가도 돼요!"

제리 형사가 말했다. "같이 가야지."

내가 앞장섰다. 나는 레오 레너드가 건넨 손수건을 삼각형으로 접어 복면 강도처럼 얼굴 아래쪽 반을 가리고 뒤를 묶었다. 계단을 내려갔다. 제리 형사는 나보다 훨씬 몸이 커서 계단이 부서질까 봐 걱정됐다. 계단은 아주 무섭게 삐걱거렸다. 그래도 부서지지는 않았다! 제리 형사는 계속 기침했다. 숨을 쉬기가 힘든 것 같았다. 나는 제리 형사 때문에 걱정이 컸다! 먼지가 아까보다 심했다.

계단을 다 내려온 뒤 제리 형사가 말했다. "앞이 안 보여!" 먼지가 어찌나 심한지 소나기를 퍼붓는 먹구름 속에 있는 것 같았다! 빗물에 젖지 않고 먼지를 뒤집어쓴 것만 달랐다.

나는 제리 형사의 팔꿈치를 잡고, 태블릿 목소리 볼륨을 최대한 높였다. "계단 뒤를 보세요! 거기 문이 있을 거예요."

그러나 제리 형사는 앞도 볼 수 없었고, 키가 너무 커서 계단 뒤로 가다가 계단에 머리를 부딪쳤다. 제리 형사가 아파서 신음했다. 피가 난다고 했다. 나는 제리 형사를 계단에 앉혔다. 내 손수건을 주면서 얼굴과 눈을 가리라고 했다. 나는 숨을 참았다. 플래시 불빛을 따라 어찌어찌해서 계단 바로 뒤에 있는 좁은 통로를 찾았다. 문손잡이를 찾아 보았지만 없다! 플래시를 위로 비췄다. 없다! 먼지에 숨이 막히기 시작했다.

"오로르, 이제 못 견디겠어." 제리 형사가 말했다. 기침이 너무 심했다.

"아무것도 안 보여요!" 먼저 나는 태블릿 플래시로 벽 곳곳을 비췄다. 문손잡이는 어디에도 없다! 걸쇠도 없다! 아무것도 없다. 나는 정말 화가 났다. 정말 당황했다. 정말 무서웠다. 나는 그렇게 화가 난 적도, 당황한 적도, 무서운 적도 없었다. 벽을 발로 찼다! 발에 금속 물질이 느껴졌다. 빗장이었다. 그곳에 플래시를 비췄다.

내가 소리쳤다. "찾은 것 같아요!"

제리 형사가 일어서서 내 옆으로 오려 애쓰며 말했다. "열어 봐!"

나는 바닥에 꿇어앉았다. 낡고 녹슨 빗장은 손으로 당겨도 꿈쩍하지 않았다.

내가 말했다. "안 열려요!"

제리 형사가 꿇어앉으며 말했다. "내가 해 볼게."

제리 형사가 힘껏 당기며 말했다. "세상에, 정말 꼼짝도 안 하네!"

그래도 제리 형사는 마지막으로 있는 힘껏 당겼다. 열렸다! 문이 갑자기 확 열려서 우리는 뒤로 풀쩍 물러서야 했다. 바비와 르로이 아저씨가

낡고 녹슨 빗장은
손으로 당겨도
꿈쩍하지 않았다.

튀어나왔다. 손발이 밧줄에 묶이고, 입에는 재갈이 채워져 있었다. 나는 바비를 양팔로 안았다. 몹시 겁에 질린 얼굴이었지만, 눈을 뜨고 있었다. 살아 있었다! 르로이 아저씨는 제리 형사가 이름을 불러도 아무 반응이 없었다. 제리 형사가 재갈을 풀고 뺨을 치니까 다행히 눈을 떴다.

제리 형사가 말했다. "아직 살아 있어!" 제리 형사는 뒷주머니에서 칼을 꺼내 르로이 아저씨의 손발을 묶은 밧줄을 끊었다.

제리 형사가 물었다. "바비는 어때?"

내가 말했다. "괜찮을 것 같아요!"

제리 형사는 바비의 팔다리를 묶은 밧줄을 끊었다. "이제 여기서 나가야 해!"

손발이 밧줄에 묶이고 입에는 재갈이 채워진 바비와 르로이 아저씨가 튀어나왔다.

나는 계단 밑에서 바비를 끌어내 일으켜 세웠다. 바비는 너무 겁먹고 완전히 힘이 빠져서 다시 쓰러질 뻔했다. 다행히 나는 보기보다 힘이 세다! 어깨로 바비를 받치고 계단을 하나하나 올라갔다. 뒤에서 제리 형사가 르로이 아저씨한테 하는 말이 들렸다.

"제가 옆에서 부축하겠습니다. 조금만 힘내시면 됩니다."

그러나 뒤를 돌아보자, 르로이 아저씨의 눈이 다시 감겼다. 상태가 아주아주 나빠 보였다.

나는 바비를 데리고 계속 올라갔다. 삐걱대는 소리가 크게 났다. 그러더니 빠지직 소리가 났다! 제리 형사와 르로이 아저씨가 두 단째 올라왔을 때 계단 널빤지가 부서졌다. 다행히 제리 형사는 다음 칸에 한쪽 발

나는 보기보다 힘이 세서
바비를 들쳐메고 계단을 하나하나 올라갔다.

을 올려놓았고, 중심을 잘 잡아서 쓰러지지 않았다. 부축한 르로이 아저씨도 쓰러지지 않았다. 제리 형사는 부서진 계단을 뒤로한 채 르로이 아저씨를 부축해 한 단 한 단 올라갔다. 이제 네 단 남았다. 세 단, 두 단. 그리고…….

우리는 건물 밖으로 나왔다. 우리가 나타나자 거기 있던 사람들은 비명을 질렀다. 어쩌면 우리가 검은 먼지로 샤워한 모습이어서 그랬는지도 모른다. 레오 레너드가 달려왔다.

"바비!" 레오 레너드는 내가 부축하고 있던 바비를 품에 꼭 안았다.

살 아저씨가 달려왔다. 제리 형사가 르로이 아저씨를 부축하고 나타났다. 제리 형사의 얼굴은 온통 피투성이였다. 계단에 찢긴 상처에서 계속 피가 흘렀다. 그래도 제리 형사는 살 아저씨한테 소리칠 기운이 있었다.

"구급차 불러! 911에 전화해! 그리고……."

제리 형사는 기폭 장치 옆에 있는 저니나와 이고르를 보았다.

"당장 저 두 사람 체포해!"

경관 한 명이 그쪽으로 달려갔지만 저니나를 붙잡기 전에 저니나가 기폭 장치를 손에 들었다!

"체포? 어림없어!"

살 아저씨는 제리 형사가 부축하고 있던 르로이 아저씨를 받아 의사를 소리쳐 찾았다. 모여 있는 사람들 사이에서 누가 달려왔다. 그사이 제리 형사는 총을 꺼내 저니나와 이고르 쪽으로 총구를 겨눴다.

"기폭 장치 내려놔!"

저니나가 말했다. "우리는 저 차를 타고 떠나겠어. 우리를 건드리지

마. 만약에 우리를 막으면……."

저니나가 기폭 장치 위로 손을 올렸다. 모여 있던 사람들이 깜짝 놀랐다. 모두가 사방으로 흩어지기 시작했다.

레오 레너드가 소리쳤다. "저니나, 미친 짓 그만둬! 다 끝났어! 순순히 항복해!"

저니나도 소리쳤다. "그다음에는? 감옥에 가라고? 평생 감방에서 썩을걸. 안 그래, 형사 양반?"

제리 형사가 말했다. "납치, 살인 미수. 아주 오래 교도소에 있어야겠지. 그래도……."

갑자기 저니나가 달리기 시작했다. 이고르가 멈추라고 말하면서 저니나를 뒤쫓았다.

저니나는 제리 형사한테 소리쳤다. "해 봐! 쏴 봐! 감옥에 가느니 죽는 게 나아!"

제리 형사가 소리쳤다. "거기 서!"

그러나 저니나는 건물 안으로 달려 들어갔다. 이고르가 멈추라고 애원하며 따라갔다. 갑자기 안에 있던 고양이들이 일제히 튀어나왔다. 마치 고양이들은 잘 알고 있는 것 같았다. '여기서 얼른 나가야 해!'

저니나와 이고르가 건물 안으로 들어가서 모습이 보이지 않자, 제리 형사는 경관들한테 소리쳤다. "얼른 지원 요청해!"

그리고 몇 초도 지나지 않아서…….

어마어마한 소리가 났다!

건물이 날아갔다!

나는 병원으로 옮겨졌다. 구급차가 왔을 때 나는 바비와 르로이 아저씨와 제리 형사가 먼저 치료를 받아야 한다고 말했다. 구급차에 있는 브렌다 간호사는 걱정하지 않아도 된다고 말했다. 바비와 르로이 아저씨는 다른 구급차에 실려서 가까운 큰 병원으로 가는 중이고, 제리 형사는 이 구급차에 있다고 했다. 옆을 보니 제리 형사가 누워 있었다. 머리에는 이미 붕대가 감겨 있었다. 브렌다 간호사는 나한테 누우라고 했다. 얼굴에 마스크를 써야 한다고 했다. 가브리엘이라는 빨간 머리 남자 간호사가 제리 형사한테 이제 마스크를 씌우겠다고 말했다. 먼지가 아주 많은 지하실에 들어갔다가 나왔으니 몸에 부족한 산소를 채우고 폐도 청소해야 한다고, 그러려면 마스크를 써야 한다고 했다.

제리 형사가 마스크를 쓰기 전에 나한테 물었다.

"오로르, 많이 놀랐지?"

"오로르, 많이 놀랐지?"

"그래도 바비랑 르로이 아저씨는 구했어요! 두 사람은 무사할까요?"

"그러기를 바라야지. 바비는 충격을 크게 받았고, 르로이 씨는 아직 의식이 없어."

"다이안 선생님한테 연락해서 제가 무사하다고, 어느 병원으로 간다고 말해야 해요."

가브리엘 간호사가 말했다. "전화번호 줘. 내가 알아서 할게."

그렇게 나는 병실에 옮겨졌다. 혼자 쓰는 병실이다. 친절한 간호사가 내 몸을 씻겼다. 이제 몸에 묻은 먼지는 하나도 없었다. 깨끗한 잠옷으로 갈아입었다. 친절한 의사가 내 눈에 안약을 넣었다. 눈에 있던 먼지도 싹 나갔다. 다른 의사는 폐 사진을 찍어 폐에 먼지가 없는지 확인할 예정이라고 말했다. 그리고 모두가 나한테 잠을 자야 한다고 했다. 아주아주 오래 잤나 보다. 눈을 뜨니 아침이었다. 처음 보는, 아주 친절한 간호사가 내 체온을 재고 청진기로 가슴소리를 들고, 곧 아침밥이 온다고 했다. 맛있는 토스트였다. 코코아도 나왔다! 더 좋은 소식이 있다. 아홉 시에 다이안 선생님이 왔다! 선생님은 나를 꼭 껴안은 뒤 울면서 말했다. 무슨 일이 있었는지 경찰에서 다 들었고, 내가 정말 자랑스러우며, 엄마와 아빠가 오늘 밤에 언니와 함께 비행기를 타고 온다고 했다.

나는 신나서 다시 확인했다. "엄마도 와요?" 온 가족이 뉴욕에서 만난다!

"어머님이 무척 걱정하셔. 건물 폭파 뉴스가 세상에 다 알려졌고, 어머님도 보셨어. 무슨 일이 있었는지도 다 들으셨고. 너는 괜찮니?"

"한동안 악몽을 꿀 것 같아요."

"한동안 악몽을 꿀 것 같아요."

"그럴 것 같다. 부모님께 그렇게 꼭 말씀드려. 앞으로 한동안 그 사건 때문에 마음이 힘들 거야. 그것도 나쁜 일을 겪은 뒤에 극복하는 과정이니까……."

선생님이 말하고 있을 때 누가 문을 노크했다. 그리고 문이 열렸다. 지난 며칠 사이에 아주 익숙해진 목소리가 들렸다.

"모두가 '뉴욕의 영웅'이라고 부르는 우리 프랑스 친구는 잘 있나?"

살 아저씨다! 살 아저씨가 안으로 들어와 나를 꽉 껴안았다.

"아주 건강해 보이네! 예상보다 더 좋은걸! 오로르 네 덕분에 오늘 아주 대단한 일이 벌어진 거 알아? 레오 레너드가 언론에 다 얘기했어. 네가 자기 아들을 어떻게 구했는지. 물론 레오 레너드는 사람들의 관심을 너와 자기 아들한테 쏠리게 만들어서 자기한테 불리한 상황을 감추려고 그랬지. 어쨌든 레오 레너드는 나쁜 짓을 하고도 좋은 사람으로 보이게 만드는 재주가 있어."

"저는 그분이 바비한테 좋은 아빠가 되고 바비 엄마를 만나게 해 주면 돼요. 제가 바라는 건 그게 전부예요."

"아, 그 말이 나왔으니 말인데, 좋은 소식이 있어! 바비 어머니가 오늘 아침에 병원으로 옮겨졌대."

내가 말했다. "아주 좋은 소식이네요!"

"레오 레너드는 그것도 자기한테 유리하게 이용하겠지. 그리고 내가 장담하는데, 레오 레너드가 바비 어머니한테 또 돈을 아주 많이 줄 걸. 2년 동안 북쪽 어디 커다란 집에 갇혀 있었던 일에 대해 입을 다무는 조건으로 말이야. 그래도 바비는 엄마를 찾았으니까 잘된 일이지!

더 좋은 소식도 있어. 르로이 씨가 눈을 뜨고 이제 말도 해! 다른 이상 없이 곧 완전히 회복할 거래!"

"와! 그거 정말 멋진 일이네요. 르로이 아저씨를 만날 수 있을까요?"

다이안 선생님이 말했다. "프랑스로 돌아가기 전에 가능할까요?"

살 아저씨가 말했다. "의사한테 말해 볼게." 그리고 다이안 선생님한테 말했다. "이런 일이 있었으니 오로르 가정 교사를 그만두게 될지도 모르겠군요. 부디 그런 일이 없길 바랍니다."

선생님이 울기 시작했다.

살 아저씨가 말했다. "아니, 나는 그냥 사실 그대로를 말했을 뿐인데……."

내가 말했다. "그런 일은 제가 막아요." 그리고 선생님의 손을 잡았다. "바비가 저를 찾아와 범죄를 막게 도와달라고 해서 시작된 일이에요. 그건 선생님 잘못이 아니에요!"

살 아저씨가 말했다. "그래서 오로르가 진짜로 범죄를 막았지!"

선생님이 말했다. "살 아저씨도 영웅이에요."

살 아저씨가 말했다. "어휴, 무슨 말씀을……."

선생님이 말했다. "겸손하실 필요 없어요."

내가 말했다. "맞아요. 아저씨는 영웅이에요. 아저씨가 못된 저니나와 이고르를 어떻게 잡았는지 이제 사람들도 다 알아요!"

그것도 어제 일어난 놀라운 일이다. 건물이 폭파되고 떨어지는 벽돌들을 피해 멀찍이 물러난 뒤, 우리는 저니나와 이고르가 산 채로 묻혔다고 생각했다. 그런데 살 아저씨가 나를 안전한 곳까지 데려가면서 저니나와 이고르가 건물 뒤쪽으로 달아나는 것을 보았다. 제리 형사는 부상이 심해서 아무것도 할 수 없었다. 그래서 살 아저씨가 자기 자동차로 달려가며 경관 한 명한테 같이 가자고 하고 다른 경관은 길을 치우게 했다. 살 아저씨는 차를 아주 빨리 몰아서 저니나와 이고르가 택시에 올라타기 직전에 두 사람을 붙잡았다. 이고르가 살 아저씨와 경관을 보고 총을 빼들려 했지만, 경관이 이미 총을 겨누고 이고르와 저니나한테 손 들라고 소리쳤다. 그렇게 두 사람을 체포하고, 그 경관이 연락해서 경찰차가 여러 대 도착했다. 그리고 두 악당은 경찰차에 실려 갔다. 이제 모두가 살 아저씨를 영웅이라 말한다!

도망치는 저니나와 이고르를 붙잡은 살 아저씨를 이제 모두가 영웅이라 말한다!

살 아저씨가 말했다. "이 이야기에는 영웅이 많아! 내가 장담하는데, 저니나와 이고르는 교도소에 오래오래 있어야 할 거야. 영원히 못 나올 수도 있어! 그런데 좋은 일도 있어. 뭔지 알아? 저니나와 같이 있던 다른 두 악당도 체포돼서 저니나와 이고르가 있는 경찰서로 보내졌어. 어 젯밤에 제리가 나한테 전화해서 그 경찰서에 가 보라고 했어. 갔더니, 체포된 두 악당 중에 루이스라는 사람이 자기를 체포한 경관한테 이걸 주면서 오로르한테 꼭 돌려주라고 했대."

살 아저씨가 어깨에 멘 가방에 손을 넣어서 꺼낸 것은…… 내 태블릿 이었다!!!

간호사가 침대에서 나오면 안 된다고 말했지만, 나는 태블릿을 보자 펄쩍 뛰어서 살 아저씨한테 달려가지 않을 수 없었다. 나는 살 아저씨 를 양팔 가득 안으며 울기 시작했다. 나는 운 적이 없고, 절대 울지 않는 다. 그렇지만 지난 며칠 동안 내가 본 것들, 내가 이겨 내야 했던 것들이 너무 많아서 눈물이 찰 데까지 찼나 보다. 벌어지지 않기를 바란 일들이 벌어졌다. 아보카한테서 들은 말이 정말 맞았다. 모두 자신이 선택하기 에 달렸다. 그리고 그다음에 벌어지는 일들은 모두 그 선택의 결과다.

살 아저씨가 내 어깨를 어루만졌다.

"울지 마. 태블릿도 다시 돌아왔잖아. 해피엔드야!"

내 태블릿 덕분에 나는 처음으로 세상과 대화하기 시작했다. 내 태블 릿 덕분에 나는 많은 사람과 이어질 수 있었다. 그리고 이제 내 태블릿 덕분에 나는 내일 연설도 할 수 있다. 나는 곧장 태블릿을 켰다. 배터리 가 얼마 남지 않았지만, 그래도 빼앗기기 전 그대로 나를 반겼다.

나는 선생님한테 물었다. "내일 대학교에서 하는 연설은 몇 시예요?"

"지금까지 있었던 일들을 생각하면, 글쎄, 연설을 취소하는 게 어떨까?"

"안 돼요! 병원에서도 내 몸이 괜찮대요. 그 연설을 하려고 이렇게 멀리까지 왔는데, 꼭 할래요!"

선생님이 말했다. "나중에 부모님과 상의한 뒤에……."

내가 말했다. "선생님, 저는 꼭 합니다!"

살 아저씨가 빙긋 웃고 다이안 선생님한테 말했다.

"선생님, 오로르는 벌써 결심을 굳힌 것 같네요. 지금까지 있었던 일들을 생각하면, 오로르의 말은 우리가 존중해야겠죠?"

선생님과 살 아저씨가 돌아간 뒤 나는 바비와 르로이 아저씨를 만나고 싶었다. 그렇지만 두 사람은 아직 면회가 안 된다고 했다. 나는 버지니아 아주머니한테 메시지를 보냈다. 내 태블릿을 되찾았으며, 빌려주신 태블릿을 아주 잘 썼고 정말 고맙다고, 혹시 내일 대학교에서 연설하는 행사에 오실 수 있는지, 오시면 태블릿도 돌려드리고 우리 가족도 소개하겠다고 적었다.

답신이 금방 왔다.

소중한 태블릿을 되찾았다니 정말 반가운 소식이네. 아버님과 어머님과 언니도 만나고 싶어. 내일 갈게!

오후에는 제리 형사한테서 메시지가 왔다.

저니나와 이고르를 유치장에 넣어서 정말 기뻐. 뉴욕 경찰에서도 분명히 오로르와 함께 일하고 싶을 거야. 그렇지만 부모님과 함께 프랑스로 돌아가야겠지? 좀 전에 살을 만났어. 살이 내 걱정을 너무 많이 하네. 살한테서 들었는데, 내일 대학교에서 연설한다고? 의사가 외출해도 좋다고 하면, 나도 꼭 갈게!

내 담당 의사도 병실에 왔다. 갖가지 테스트를 했다. 의사는 계속 웃으며, 내가 건강하다고 했다. 내일 퇴원해도 된단다! 그러니까 내일 연설할 수 있다! 바비를 만날 수 있는지 물어보자, 의사는 바비의 아버지가 바비를 퇴원시켜서 데려갔다고 했다. 충격을 많이 받았지만, 몸에는 큰 이상이 없어서 퇴원했단다.

내가 물었다. "바비를 집에 보내도 괜찮을까요?"

"병원에 계속 입원시킬 핑계도 없어. 폐에 먼지가 차지도 않았고……바비 아버지를 쫓아낼 수는 없단다. 바비는 아직 미성년자라서 보호자인 아버지가 집으로 데려가겠다고 하면……."

내가 물었다. "바비 엄마도 이제 바비와 같이 살게 되나요?"

의사가 말했다. "그건 나도 모르지. 어쨌든 네가 왜 바비를 그렇게 걱정하는지는 나도 알아."

나는 의사의 생각을 읽을 수 있었다. '레오 레너드한테 맞설 수는 없지. 이 병원에 해마다 큰돈을 기부하니까. 내가 속으로 레오 레너드를 어떻게 생각하는지는 그 사람 앞에서 솔직히 말할 수 없지만…….'

의사가 나간 뒤 나는 침대에 누워 다시 잠들었다. 깊고 깊고 깊은 잠.

눈을 뜨자 엄마와 아빠와 언니가 머리맡에 있었다.

눈을 뜨자 아주 반가운 선물이 기다리고 있었다! 엄마와 아빠와 언니가 머리맡에 있었다. 나는 너무 기뻐서 폴짝 뛰었다! 한 명씩 꼭 껴안았다. 절대로 웃지 않는 언니도 미소를 지었다! 엄마는 울기 시작했다. 너무 걱정했다고, 뉴욕에 혼자 보내지 말아야 했다고 말했다.

아빠가 말했다. "혼자가 아니었지! 다이안 선생님이랑 왔지."

엄마가 말했다. "그 다이안 선생님이 일을 어떻게 만들었는지 좀 봐! 애를 밤중에 나가게 두고, 끔찍한 사람들 손에 죽을 뻔했어."

내가 말했다. "그건 선생님 잘못이 아니야. 바비가 해도 뜨기 전에 찾아왔어. 바비를 도와주기로 한 건 내 결정이야."

엄마가 말했다. "다이안 선생님은 네 보호자 자격으로 왔어. 너를 책임져야지. 다이안 선생님이 아주 잘못한 거야. 인정해야 해."

아빠는 못마땅한 표정을 짓다가 말했다. "잠깐이라도 그 딱딱한 은행원 역할 좀 그만할래?"

엄마가 말했다. "딱딱하다고? 내가? 오로르는 우리 딸이고……."

아빠가 말했다. "당신은 늘 남을 비난해야 직성이 풀리잖아."

내가 말했다. "비난받아야 할 사람은 아무도 없어. 나만 빼고!"

언니가 말했다. "오로르 말이 맞아! 지금은 우리 모두가 행복해야 할 시간이야."

문가에서 말소리가 들렸다.

"저는 프랑스어를 모르지만, 여러분 모두 이걸 알아주시면 좋겠습니다. 따님 덕분에 제가 지금 살아 있습니다!"

르로이 아저씨다! 아저씨는 휠체어를 타고 왔다. 나는 르로이 아저씨한테 달려가서 힘껏 안았다. 아저씨 뒤에는 간호사가 서 있었다.

르로이 아저씨가 말했다. "너무 세게 껴안으면 안 돼, 오로르. 몸이 아직 심하게 쑤셔. 머리는 더 쑤시고! 너희 가족이니?"

나는 우리 가족을 소개했다! 아빠는 영어를 아주 잘한다. 언니도 잘한다. 언니는 학교에서 영어를 아주 열심히 공부했다! 엄마는 인사만 하고 빙긋 웃었다. 나는 태블릿 목소리로 르로이 아저씨한테 말하고 아저씨의 말도 태블릿으로 번역했다.

"따님이 정말 용감합니다. 오로르가 없었으면 저는…… 제가 어떻게 됐을지는 굳이 말씀드리지 않아도 되겠죠."

아빠가 물었다. "치료를 받으면 괜찮아지시죠?"

"의사 선생님 얘기로는 뇌진탕이 심하답니다. 먼지를 마신 것도 걱정 스럽다는군요. 그래도 살아 있지 않습니까! 그것만으로도 아주 기뻐요! 살아 있다는 건 아주 소중한 일이죠. 살아 있고, 서로 만날 수 있는 것. 그게 제일 소중합니다. 부디 잊지 마세요."

엄마가 고개를 숙여 인사한 뒤 아빠의 손을 잡고 고개를 끄덕였다. 나는 엄마의 생각이 보였다.

'나는 늘 너무 쉽게 화를 내! 그렇지만 성날 때는 성내지 않을 수가 없어. 참을 수 있으면 얼마나 좋을까.'

나는 르로이 아저씨한테 말했다.

"사시던 곳이 없어졌으니 이제 어디서 사세요?"

"레너드 씨가 오늘 사람을 보냈어. 걱정하지 말라고 하더라. 병원비 는 다 내겠대. 운전사로 다시 채용하고, 월급을 두 배로 올려 주겠대.

새 아파트도 구해 준대. 앞으로 집세를 안 내도 된대. 사과하는 뜻으로 따로 큰돈도 주겠대. 물론 내가 이번 일에 대해서 세상에 한마디도 안 한다는 조건으로!"

아빠가 물었다. "그 제안을 받아들이시려고요?"

르로이 아저씨가 말했다. "그래야죠. 그렇지만 변호사한테 다시 협상을 맡길 겁니다. 레너드 씨가 저한테 뇌물을 주고 입을 다물게 하는 일이니까요!"

나는 르로이 아저씨한테 내일 연설하는 행사에 오시면 아주 기쁘겠다고, 그렇지만 의사가 안 된다고 하면 이해하겠다고 말했다. 아저씨 뒤에 있던 간호사가 말했다.

"의사 선생님들은 틀림없이 안 된다고 할 거예요."

르로이 아저씨가 나한테 말했다.

"프랑스에 가기 전에 나를 만나고 갈 거지?"

내가 말했다. "당연히 그래야죠." 그리고 나는 아저씨를 살짝 안았다. 세게 껴안으면 아프다고 했으니까!

그날 저녁에 정말 멋진 일이 있었다! 아빠가 병원 근처에 있는 피자 가게에서 피자 두 판을 사 왔다. 모두가 내 침대에 앉아 피자를 먹었다. 그다음에 언니는 엄마와 아빠한테 내 병실에서 나랑 자도 되는지 물었다. 병실에 있는 소파는 펼치면 침대가 된다. 엄마는 그래도 될지 모르겠다고 말했지만, 간호사가 언니가 잘 수 있게 해 주겠다고 말했다. 아무 문제가 없었다! 아빠는 엄마한테 재즈 공연을 보러 가자고 했다. 엄마는 너무 피곤하다고 했다. 내가 말했다. "그래도 빌리지 뱅가드에서 프레드 허쉬 연주를 들어야 해요."

엄마가 물었다. "언제부터 재즈 팬이 됐니?"

"뉴욕을 사랑하게 된 후부터죠."

아빠가 엄마한테 말했다. "너무 피곤하면 당신을 호텔에 데려다주고 나 혼자 갈게."

"알았어, 알았어. 나도 같이 갈게. 너희는 내일 오로르 연설하는 데서 만나자. 너무 늦게까지 안 자고 얘기하면 안 돼!"

엄마와 아빠가 나간 뒤, 언니와 나는 몇 시간이나 얘기하고 또 얘기했다. 언니는 엄마와 아빠가 아주 많이 싸웠다고 했다. 아빠는 파리를 떠나 우리 아파트에 들어온 뒤로 글을 쓰지 못했단다. 그렇지만 뉴욕으로 오는 비행기 안에서 아빠와 엄마가 다시 더 행복하게 지내자고 이야기했단다.

언니가 말했다. "나도 더 행복해지려고 애쓰고 있어. 너한테 못되게 굴어서 정말 미안해. 내가 어리석게 널 질투하나 봐."

나는 언니의 손을 잡고 말했다. "어리석지 않아. 그리고 언니도 정말 재주가 많아!"

언니가 말했다. "그 말을 믿을 수 있으면 좋겠다."

내가 말했다. "우리는 자신을 믿어야 해. 닥쳐오는 어려움에 맞서는 가장 좋은 방법은 자신을 믿는 것뿐이야."

그날은 정말 단잠을 잤다. 언니도 그랬다. 다이안 선생님이 오전 10시에 왔다. 내가 입을 옷도 가져왔다. 선생님은 나한테 연설 때문에 긴장되는지 물었다.

"연설하기 전까지는 긴장하겠죠. 끝나면……."

언니가 나한테 말했다. "넌 아주 잘할 거야."

다이안 선생님이 말했다. "오로르는 언제라도 아주 잘하지."

"그런 말은 그만하세요! 그러다가 제가 콧대만 높아질까 겁나요!"

가는 길에 다이안 선생님이 설명했는데, 내 태블릿을 블루투스로 연결해서 태블릿 목소리로 말하는 내용이 스피커로 나가게 된단다.

다이안 선생님이 말했다. "연설이 끊기지 않게 태블릿에 빨리 입력할 수 있겠니?"

내가 말했다. "문제없어요! 제가 얼마나 빨리 태블릿에 입력하는지 아시잖아요."

컬럼비아 대학교 캠퍼스는 아름다웠다. 연설할 강의실도 아름다웠다. 이미 학생과 교수들로 가득 차 있었다. 게츠 교수라는 여자와 인사했다. 게츠 교수는 내가 연설하기 전에 청중한테 나를 소개하는 역할을 맡았다며 나를 만나서 영광이라고 말했다. 그리고 강연이 끝난 뒤에 나를 인터뷰하고 싶다고 했다. 인터뷰는 몇 시간이 걸릴 텐데 게츠 교수가 지금 쓰는 책에 내 인터뷰 내용을 넣고 싶단다. 세상을 다르게 보는 법을 다루는 책이라고 했다.

게츠 교수가 말했다. "오로르는 세상을 보는 눈이 정말 독특해!"

내가 말했다. "누구나 각자 다른 눈으로 세상을 보죠. 모두가 특별해요."

나는 다이안 선생님과 함께 연단에 올라갔다. 연설은 나만 하고, 다이안 선생님은 내 연설이 끝나고 질문을 받는 시간에 함께 답변한다고 했다.

"그렇지만 선생님도 연설을 하셔야 해요! 선생님만 할 수 있는 얘기도 있으니까요."

"네 얘기가 더 재미있어."

"아니, 아니에요! 제가 연설한 뒤에 선생님도 해야 해요! 제가 연설 마지막에 선생님이 이어서 연설할 거라고 사람들한테 말할 거예요!"

선생님은 객석을 보았다. 나도 보았다. 엄마와 아빠와 언니가 보였다. 강의실 안으로 들어오는 버지니아 아주머니도 보였다! 아주머니가 나한테 손을 흔들었다. 아주머니는 나한테 빌려준 태블릿도 들고 있었다. 틀림없이 살 아저씨가 돌려줬겠지! 살 아저씨와 제리 형사가 들어오는 모습도 보였다! 제리 형사는 머리에 붕대를 감았지만 나를 보고 환하게 웃었다. 나는 크게 손을 흔들어 인사했다. 게츠 교수가 연단에 올라왔다. 조명이 조금 어두워지고, 게츠 교수가 마이크 앞에 섰다.

"이렇게 자리하신 여러분께 감사드립니다. 오늘 이 자리에는 아주 대단한 아이 오로르를 모셨습니다. 오로르는 멀리 프랑스에서 이곳까지 자신의 이야기를 들려주려고 왔습니다. 오로르는 태블릿으로 여러분께 이야기하며……."

그때 갑자기 객석 뒤에서 목소리가 들렸다.

"제가 먼저 한마디 해도 될까요?"

객석이 어두웠지만, 앞으로 나오는 사람이 누구인지 알 수 있었다. 레오 레너드였다. 바비도 옆에 있었다. 바비 옆에는 아주 멋진 옷을 차려입고 표정은 몹시 불안해 보이는 여자도 있었다. 한 팔로 바비를 감싼 여자는 틀림없이 바비 엄마였다! 레오 레너드가 바비와 바비 엄마한테 앞으로라고 손짓했고, 바비는 나를 보며 수줍게 손을 흔들었다. 그리고 레오 레너드가 연단에 올라와서 곧장 마이크 앞으로 갔다.

"방해해서 죄송합니다. 그렇지만 연설이 시작되기 전에 널리 알릴 게 있습니다. 여기 이 훌륭한 아이 오로르 덕분에, 레오 레너드 재단은 컬럼비아 대학교 자폐증 연구에 100만 달러를 기부하기로 결정했습니다. 또 발표할 게 있습니다. 신문이나 텔레비전 뉴스로 이미 아시겠지만, 어제 104스트리트 3번가에서 불미스러운 건물 폭파가 있었습니다. 레오 레너드 재단은 그 건물을 원래 모습 그대로 다시 건축하기로 결정했습니다. 물론 내부는 훨씬 현대적으로 지을 겁니다. 그 건물뿐 아니라 그 블록 전체도 다시 짓기로 결정했습니다. 그곳은 가난한 사람들을 위한 주택 단지가 될 겁니다! 불미스러운 사건을 좋은 일로 바꾸겠습니다!"

레오 레너드는 박수가 쏟아지기를 기다렸다. 그러나 객석은 조용했다. 뒤쪽에서 외치는 살 아저씨의 목소리만 들렸다. 나는 듣자마자 목소리의 주인공이 살 아저씨임을 알았다.

"좋은 일을 한다니 잘됐네요! 이번에도 잘못을 돈으로 덮으려 한다는 사실에는 변함이 없지만요!"

레오 레너드의 얼굴에 불쾌한 기색이 떠올랐지만, 아주 살짝 보였을 뿐이다. 레너드는 살 아저씨한테 화내지 않고, 미소를 지으며 말했다.

"제가 할 얘기는 끝났습니다. 그럼 이제, 대단한 오로르를 여러분께 소개합니다!"

박수가 쏟아졌다. 나는 자리에서 일어섰다. 마이크 옆에 있는 작은 스탠드에 태블릿을 올려놓았다. 나는 어둠에 묻혀 있는 객석을 향해 미소를 보냈다. 새로운 친구들, 언제라도 내 편인 우리 가족도 그 안에 있었다. 나는 숨을 깊이 들이쉬었다.

　"안녕하세요. 저는 오로르라고 합니다. 우선 이것부터 말씀드리고 싶습니다. 제가 대단한 사람은 아닙니다. 우리 모두가 대단한 사람입니다. 그래도 제가 뉴욕에서 대단한 사건을 겪기는 했습니다. 뉴욕에 온 지 겨우 사흘밖에 안 됐는데 말이죠! 자, 이제 그 대단한 이야기를 들려드리겠습니다!"

"안녕하세요, 저는 오로르입니다!"

끝
(그리고 계속…….)

재즈의 리프처럼 점점 발전하는 이야기와 삶

마음을 읽는 오로르가 세 번째 모험 이야기로 돌아왔다. 첫 권에서는 언니와 함께 언니의 사라진 친구를 찾아냈고, 제2탄 《모두와 친구가 되고 싶은 오로르》에서는 비밀의 방에 갇힌 친구를 구한 오로르는 이번에 뉴욕으로 가서 더 큰 위험과 맞선다.

1권과 2권을 아직 읽지 않고 이 세 번째 책부터 집었다 해도 괜찮다. 뛰어난 이야기꾼으로 이름 높은 작가 더글라스 케네디는 소설의 앞부분에서 주인공 오로르와 오로르를 둘러싼 인물들의 배경을 솜씨 좋게 들려준다. 오로르는 흔히 자폐증이라고 부르는 장애를 안고 살아가는 열한 살 소녀다. 열네 살인 언니 에밀리가 있고, 엄마와 언니와 함께 살고 있으며, 아빠는 파리에 따로 산다. 조지안느라는 가정 교사도 있다. 아빠는 소설가이고 엄마는 은행원이다. 그리고 오로르한테는 신비한 능력이 있다. 사람들의 눈을 보고 마음과 생각을 읽는 능력이다. 오로르는 그 능력을 발휘해 경찰을 도와 사건들을 해결할 수 있었다. 그리고 오로르는 현실 세계가 힘들고 지칠 때 혼자 비밀 세계로 찾아간다. **'참깨 세상'**이라 불리는 그 세계에서는 오로르가 말도 할 수 있으며, 오로르를 언제라도 도와주는 친구 오브도 만난다.

이처럼 앞의 두 권에서 이어지는 배경에 더하여 《뉴욕의 영웅이 된 오로르》에서는 변화도 일어난다. 이혼해서 따로 살던 아빠와 엄마가 다시 사랑을 확인하고 합친다. 오로르한테 태블릿으로 말하는 법을 가르쳐 준 조지안느 선생님이 떠나고 새 가정 교사로 다이안 선생님이 온다. 다이안은 자폐증이 있는 스물세 살의 여성이다. 그리고 1권과 2권에서 함께 악당들을 잡았던 프랑스 경찰을 대신해 3권에서는 뉴욕 경찰과 그 사촌이 오로르와 힘을 합쳐 사건을 해결한다.

입으로 목소리를 내지 못하고 태블릿을 통해 대화하는 '남다른' 아이가 주인공인 만큼 '오로르' 시리즈에서는 오로르와 같은 자폐증이나 장애를 안고 사는 사람이 사회에서 부닥치는 문제들을 잘 짚어서 보여 준다. 이번 3권에서는 장애인의 형제자매들이 겪는 문제도 이야기한다. 오로르의 언니 에밀리는 부모와 세상의 관심이 오로르한테만 쏠리고 자신은 특별하지도 않고 특별할 수도 없다고 생각하며 부모한테 화내고 반항한다. 에밀리는 오로르한테 말한다. "너는 늘 남들한테서 특별하다는 말을 들으니까 그렇게 말하겠지." 형제자매 중에 장애인이 있는 사람이라면 이런 문제를 겪는 경우가 많다. 다이안은 에밀리한테 말한다. "사람들이 흔히 장애인이라고 부르는 사람들의 형제자매는 부모님의 사랑을 빼앗겼다고 생각하곤 해. 그런데 그건 그 아이가 다른 사람들보다 도움을 많이 받아야 하기 때문에 그렇게 보일 뿐이야."

얼마 전에 텔레비전 드라마 〈이상한 변호사 우영우〉가 히트하면서 '자폐 스펙트럼'이라는 말이 널리 알려졌는데, 그 말에 대한 적절한 설명도 이 책에서 만날 수 있다. '자폐증은 아주 다양하다. 혼자 외출하기 힘들고 항상 다른 사람의 도움을 받아야 하는 자폐를 안고 사는 사람도 있다. 자신한테도 가족한테도 무척 힘든 일이다. 다른 사람의 도움이 필요하지만 항상 그렇지는 않은 자폐를 안고 사는 사람도 있다. 다이안 선생님이나 나처럼 큰 도움 없이 잘 지내는 경우도 있다.'

프랑스 공항 보안 검색대에서 오로르의 태블릿을 억지로 스캐너에 넣으려는 검색 요원의 태도나, 비행기에서 오로르만 태블릿을 쓰는 특권을 받았다고 생각하는 승객의 시선에서, 어떤 기구나 도구의 도움이 꼭 필요한 사람을 이해하지 못하고 섣불리 판단하는 잘못을 되새길 수 있다. 한편, 뉴욕의 택시 기사인 살이 오로르와 처음 만났을 때 품는 생각은, 장애가 없는 사람이 장애인을 만났을 때 갖춰야 할 바람직한 마음 가짐을 보여 준다. '이제 좀 이해가 되네. 그렇지만 저 애한테 더 물어보지 않아야지. 너무 호들갑을 떠는 모습을 보이면 안 돼. 그리고 너무 동정하는 태도도 보이면 안 돼. 그런 건 쟤가 싫어할 거야. 오로르한테는 저게 정상이야. 그리고 나도 그런 저 아이가 마음에 들어.'

　주인공 오로르가 장애인이라는 소수자, 사회적 약자인 설정에 더하여 오로르의 가정 교사 다이안은 성소수자로 등장한다. 더글라스 케네디는 다이안을 통해 우리 사회가 성소수자를 어떻게 대해야 하는지 교훈을 준다. 다이안이 자신은 여자를 사랑하는 여자임을 오로르 부모한테 밝혔을 때, 오로르의 어머니는 "여자가 여자를 사랑한다고, 남자가 같은 남자를 사랑한다고 해서 범죄자 취급을 받는 건 아주 잘못된 일이야. 그게 중요하지."라고 말하고, 그 말에 다이안이 대꾸한다. "오로르 어머님 아버님은 아주 멋진 분들이세요. 사랑하는 대상이 누구인지에 따라 사람을 차별하면 안 된다는 걸 잘 아시네요. 우리가 사는 세상은 아무도 차별받지 않고 모두가 평등해야 해요." 그리고 '차별'과 '평등'의 의미를 오로르한테 한 번 더 강조한다.

　오로르 시리즈의 첫 권인 《마음을 읽는 아이 오로르》에서는 오로르가

'참깨 세상'에서 작가 동물들을 만나고, 두 번째 책《모두와 친구가 되고 싶은 오로르》에서는 화가 동물들을 만났다면, 이 책에서는 철학자 고양이를 만난다. 사르트르의 고양이로 등장하는 아보카는 실존철학과 몽테뉴의 철학을 알기 쉽게 오로르한테, 결과적으로는 이 책을 읽는 어린이 독자들한테, 그리고 어른 독자들한테도 들려준다. 더글라스 케네디의 다른 소설들을 접한 성인 독자라면 알겠지만, 개인의 선택과 결과, 그리고 그 책임을 강조하는 것은 케네디 작품 세계를 이해하는 열쇠이기도 하다. 아보카의 말처럼 (사실은 사르트르의 말처럼) '우리는 자신이 결정한 선택들의 결과물'이며 '불행해지기를 선택하면 불행해지고' '살아가면서 나쁜 일이 벌어졌을 때' 어떻게 반응할지 그 '선택에 따라 정말로 더 나쁜 일들이 벌어질 수도' 있다. 비단 나쁜 일을 일삼은 어른만 나쁜 선택을 하는 게 아니다. 학교에서 다른 아이들한테서 괴롭힘을 당할 때도 자신이 피해자이면서 '나는 당해도 싸다'는 자기의심에 휩싸여 부모나 학교에 알리지 않고 아무 도움을 청하지 않으면 스스로를 더 큰 위험에 빠트리게 될 뿐이다. 오로르가 언니 에밀리에 대해 생각하듯 '자기의심'은 도움이 되지 않는다. 필요한 것은 자신감이다.

　낯선 뉴욕에서 오로르는 총을 휘두르며 위협하는 악당들의 손에서 자신을 지킬 뿐 아니라 새로운 친구 바비와 도움이 필요한 르로이 아저씨의 생명도 구해야 한다. 늘 그랬듯 오로르는 두려움을 모르는 불굴의 용기와 사람의 마음을 읽는 신비한 능력을 발휘해 악당들한테 맞서지만, 이번에 만난 악당들은 전보다 훨씬 사악하고 대담하다. 오로르를 도우려고 달려오는 살, 처음 본 오로르한테 기꺼이 태블릿을 내어주는 친절한 버지니아 같은 어른들이 있어서 오로르는 더 용감하게 싸울 수 있었다. 언제나 우리가 기꺼이 내주어야 할 것은 작은 친절과 다정한 손길이다.

권수가 늘어날수록 점점 더 흥미진진한 내용으로 돌아오는 오로르의 이야기는 이번에도 기대를 뛰어넘는 모험담을 들려주었다. 그래서 마지막에 꼭 등장하는 '끝 (그리고 계속……)'의 그 '계속'으로 다음번에는 어떤 이야기가 찾아올지 벌써부터 기대된다.

2023년 2월
조동섭

조안 스파르 Joann Sfar

프랑스 최고의 일러스트레이터이자 시사만화가, 라디오 칼럼니스트, 영화 감독, 애니메이션 제작자이다.

주요 작품으로 더글라스 케네디와 합작한 '오로르 시리즈', 세계적 베스트셀러인 '꼬마 뱀파이어 시리즈', 생텍쥐페리의 작품을 재해석해 출간한 《어린 왕자》 등이 있다.

저작 《교수의 딸》로 앙굴렘 국제 만화 페스티벌에서 신인상과 르네 고시니상을 수상했고, 감독 데뷔작인 영화 〈세르주 갱스부르, 영웅적인 삶〉은 세자르 영화제에서 최우수 영화상을 수상했다. 자신의 만화를 3D로 직접 제작한 〈랍비의 고양이〉는 안시 국제 애니메이션 영화제에서 대상, 세자르 영화제에서 최우수 애니메이션상을 수상했다. 23개국에 번역 출간된 《어린 왕자》는 〈리르〉지 선정 최우수 만화상, 앙굴렘 국제 만화 페스티벌 청소년상을 수상했다.